知己红颜

徐玲 著

南京大学出版社

徐玲

　　我相信我的小说原本就存在，只是我不知道它们躲在哪里。它们存在于世界的某个角落，安静又调皮地注视着我，在对的时间、对的情绪里，迫不及待和我相遇，而后通过我，和你们相遇。

　　这些文字带着我指尖的暖意，带着我心头的爱和祈愿，排列组合，体体面面地站在这里，只为和你相遇。爱是人间永恒的主题，我们来到这个世界，就是为了感受爱、得到爱、付出爱，在爱与被爱中，在泪水与欢笑中，生命有了暖意、诗意和深意，成长路上，我们也就遇见了最好的自己。

图书在版编目(CIP)数据

知己红颜 / 徐玲著. — 南京：南京大学出版社，
2016.6
(徐玲"暖暖爱"系列小说)
ISBN 978-7-305-17118-5

Ⅰ. ①知… Ⅱ. ①徐… Ⅲ. ①短篇小说一小说
集一中国一当代 Ⅳ. ①I247.7

中国版本图书馆 CIP 数据核字(2016)第 134058 号

出版发行　南京大学出版社
社　　址　南京市汉口路 22 号　　　　邮　编　210093
出 版 人　金鑫荣

丛 书 名　徐玲"暖暖爱"系列小说
书　　名　知己红颜
著　　者　徐　玲
责任编辑　谭　天　还　星　　　　编辑热线　025-83686452
照　　排　南京南琳图文制作有限公司
印　　刷　南京京新印刷厂
开　　本　880×1230 1/32　印张 4.5　字数 93 千
版　　次　2016 年 6 月第 1 版　2016 年 6 月第 1 次印刷
ISBN 978-7-305-17118-5
定　　价　22.00 元

网址：http://www.njupco.com
官方微博：http://weibo.com/njupco
官方微信号：njupress
销售咨询热线：(025) 83594756

目录

二道杠

这个"二道杠",我必须戴下去。

　　小店的玻璃移门留着一道窄窄的口子,勉强容得下一只猫进出,看上去根本就不指望这个时间段会有人光临。也对,才上过第二节课,满校园弥漫着《铃儿响叮当》烦死人的音乐,同学们挤在操场上参加大课间活动,跳长绳、踢毽子、垫排球、转呼啦圈……忙得不亦乐乎,谁会无视校纪校规没事找事溜出校门逛小店!

　　要不是班长池若怀仗义帮忙,我也出不去。我不能不出去,我迫不及待地要买一样东西。我对池若怀说,我的竖笛丢了,得买个新的,不然下一节音乐课非挨批不可,池若怀同情心大发,帮我支开了门口的保安。

　　我像一条从蛇皮袋里游出来的蛇,扭着身子

神气活现又小心翼翼地划开小店的玻璃移门，一头钻到货架前。抓一下裤兜，从里面掏出一枚银色的硬币，拍在柜台上，抬起下巴很小声但也很用力地喊："给我一个二道杠！"

店主是个瘦骨嶙峋的爷爷，他从一堆五颜六色的玩具水枪里直起腰、抬起头，望向我，然后迟疑着从货架那头走过来，慢如龟行。我讨厌他缓慢的动作和漫不经心的眼神。

"快点啊，二道杠！"我扭头瞅门口，真担心新来的老师会突然出现，伸出她那洁白细长的手指，把我这条不听话的蛇捉回蛇皮袋。

捉回去和自己回去，意义截然不同。

店主终于来到了我面前，却不着急帮我取"二道杠"，而是像警察审问犯人一样朝我发问："哦，二道杠是中队委标志。是老师派你来买的，还是你自己来买的？"

我虽然觉得没必要回答他的问题，但为了使买卖进展得迅速一些，尽量装得理直气壮："当然是老师派我来的。"说话的同时，伸出食指把那枚硬币往他那儿移了移。

他低眉瞟一眼冷光闪闪的硬币，缓缓转身去找"二道杠"。

难以置信的是，他没有收下我的硬币。他说在他的小店，队干部买队干部标志，是不用花钱的。

哈哈，天底下还有这么美的事。我把"二道杠"塞进裤兜，转身离开小店。

溜进校门，池若怀迎上来问："怎么？竖笛没买到？"

"见鬼，涨价了……"我随便找了个借口搪塞。

午饭吃得很简单，青菜肉末咸饭，加一个西红柿鸡蛋汤。我算过了，学校一个星期让我们吃一顿咸饭，光这一天，就能从我们的伙食费里面扣下每人两块钱。两块钱我能买一包有牌子的干脆面或者一把虎口那么长的仿古长戟。这个事情我在日记里跟柳老师反映过，没想到柳老师非但不表扬我精打细算、心直口快、仗义执言，反而对我进行了长达三十三分钟的思想教育，把话绕来绕去总的意思是：学校不可能克扣我们的伙食费。

如果这个问题是池若怀提出来的，柳老师大概不会这么激动。我知道柳老师不喜欢我。放学后我把手插在口袋里走路，她说我游手好闲；我用"可以……可以……还可以"造句，说"鲫鱼可以红烧，可以清蒸，还可以煲汤"，她说我好吃懒做；我在她的语文课上思考数学难题，情不自禁把草稿纸划得"嗦嗦"响，她说我身在曹营心在汉；我在她的备课本里放了一支用蓝黑墨水浸过的漂亮粉笔，她说我包藏祸心……总而言之，无论我做什么，她都会朝坏的方面下结论。

现在好了，离我们毕业还有两个月时间，柳老师脱产培训去了。学校从邻近的师大附小借来一位剪着齐刘海的年轻女老师，接替柳老师教我们语文并做我们班主任。奇怪的是她姓要，"要不要"的"要"。更奇怪的是，这个要老师一整天都没给我们脸色看。在我们学校，不给学生脸色看的老师是屈指可数的。

我的嗅觉提醒我，翻身的机会来了。我要在要老师面前好好表现，让要老师喜欢上我，器重我，帮助我，这样一来，我在我们六(5)班不仅可以一雪前耻，地位也会节节攀升！说不定毕业还能混个"三好学生"。爸爸跟我说，等我上完小学，他就回老家承包林子种果树养鸡，我呢，自然得在老家上中学。以后说不定再也不会来这座城市了。所以，拿上"三好学生"的证书，圆圆满满、风风光光地回去，是我做梦都想的美事儿。

到时候老家的伙伴们瞧见我的证书,一定会对我佩服得五体投地;老家的老师瞧见我的证书,一定会将我视作最珍贵的人才尽心培养;最关键的是,奶奶瞧见我的证书,一定会笑得合不拢嘴,拍着膝盖骨说,喔唷不得了,我们家小松有出息啦,老王家要出贵人……

呵呵,这次中途换老师,对我而言无疑是天赐良机。书上说,兵法的全部奥秘在于懂得待机而动。我的机会来了,不行动就是傻瓜。

这不,我扒拉完讨厌的咸饭,抹抹嘴唇,跑去找要老师。

要老师才来第二天,不知道是不是叫得出我那气势如虹、举世无双的名字。不管啦,反正我去找她就是为了推销自己,少不了要做自我介绍的,到时候她就记得我了。

办公室的门虚掩着,让人摸不清里面的状况。看看四下没人,我火速掏出新买的"二道杠",歪歪扭扭地别在胸前。做完这个关键的动作,我把脑袋贴在窗沿边,露出两只眼睛朝里面张望——没有人。呀,要老师办公桌上摆着一台果绿色的笔记本电脑!我见过许多黑色的、白色的笔记本电脑,也见过粉红色的、玫红色的笔记本电脑,却从来不知道电脑还可以是这么漂亮的果绿色!它该不会是个玩具吧?

情不自禁地,鬼使神差地,我推开门,径直来到要老师的电脑面前,端详这晶莹剔透、冰净可爱、酸酸甜甜的颜色。掀开屏幕,橘黄色的键盘清新烂漫,桌面是一望无垠的麦浪,金光闪闪。我的手指失控了似的去触摸鼠标……

"王买松。"

谁把我的名字喊得这么悦耳动听?

不好!

抬起脸,看见要老师乌黑的齐刘海,还有刘海下面那双精致闪亮的眼睛。

她正望着我,浅浅地笑,像极了邻家的姐姐。不得了啊,她居然叫得出我的名字!

"嘿嘿,要老师。"我傻乎乎地站直身子,"我是进来……哦,您初来乍到,我看看您是不是需要帮忙……"

"谢谢!"要老师点点头,屁股靠在桌沿上,双手叠放胸前,摆了个随心所欲的站姿,半开玩笑半认真地朝我抬一抬下巴,"二道杠不别在肩膀上,而别在胸前,这是你的创举吧?"

她注意到我的"二道杠"了!

要的就是这个效果!

我浑身血液沸腾,幸福的感觉涌遍每一寸肌肤,幸好头脑没有被冲昏,立马按照事先在脑海里排练的那样说道:"呵呵,中队委,这标志我都戴了快六年了。不过一般情况下我不戴。"

"为什么不戴?"

"太麻烦。"我装得不以为然,"反正大家都知道我各方面优秀着呢,戴和不戴一个样。"

要老师连忙纠正:"怎么能不戴呢? 这不仅仅是标志,它还代表着荣誉和责任。你说,作为一名中队干部,肩上的责任是不是非同小可?"

"是啊是啊,"我连忙转移话题,指了指桌上的电脑说,"要老师,您这本子往家里一摆,随便打开个视频,那家立马就成电影院啦!"

要老师朝我微微笑:"你喜欢看电影?"

"喜欢!"我直言不讳,"尤其是动作片。李连杰、甄子丹、赵文卓、释小龙、李开复……这些武打明星全是我的偶像!"

"哦?"要老师突然大笑,露出深深的花蕊似的酒窝,"王买松,你,你居然还知道李开复……可人家不是武打明星哦!"

我这才意识到自己说错了话,羞得脸都烫了,灵机一动端起办公桌上的透明茶杯,讨好地递给要老师:"呵呵,李开复我当然知道啦,他是我山帽子小学的同学,负责每天升降国旗和倒垃圾……"

"噗——"一小股液体以迅雷不及掩耳之势从要老师朱红色的嘴唇里喷涌而出,长了眼睛似的朝果绿色的笔记本电脑扑去,瞬间洒得键盘和屏幕湿漉漉一片。

来不及多想，我抓起袖管朝键盘和屏幕使劲儿舞，想把水擦掉，却因为太着急太用力动作幅度太大，打翻了电脑边上一瓶酱色的液体，它们慌不择路泻满键盘。好看的橘黄色键盘瞬间变成了丑八怪。

"王买松！"要老师把一个"松"字拖得像扫把那么长，"你干什么！"

她急红了脸，晃一下胳膊，甚至还跺了一下脚，皱着眉头去收拾残局。

我见势不妙，弓腰驼背默默走人。

没想到跟要老师的第一次单独交流，竟然是这个样子的。狼狈不说，还弄脏了要老师的宝贝笔记本电脑。这下算是把要老师狠狠地得罪了。就凭她那一声扫把那么长的"王买松——"，我就注定会被她扫地出门。

我看我是没指望了。

回到教室，屁股还没坐到椅子上，周围便腾起一片奇怪的哄闹声。

"王买松，你有病啊！"

"王买松，哪根筋搭错了？"

"王买松，想当干部想疯了吧？"

"哈哈哈……"

难道他们知道我在要老师那儿出了丑？真够快的……莫非要老师用上了对讲机？

"哎呀，说不定是要老师给他别上的。"池若怀走过来拍拍我的肩膀，"说，是不是要老师重用你了？"

他说完撞了一下我的左胸。

我这才意识到，刚刚光顾着从要老师办公室逃出来，忘了把胸前的"二道杠"摘下来。我的见不得人的"二道杠",暴露在光天化日之下了！这一刻我如坐针毡,这一刻我无地自容,这一刻我追悔莫及。但我不能就这样任凭大家嘲笑,柳老师在的时候,大家对我的嘲笑还不够吗?在纷繁复杂的情绪中,我迅速抓住问题的关键,理出一条清爽的思路,拿出气势,拿出魄力,大声对同学们说:"你们说的是这个'二道杠'吧?咳,刚刚要老师把我请了去,说我这几天表现好极了,干部中就缺我这样的,机智勇敢、精力旺盛,而且富有娱乐精神……"

"说什么呢?要老师才来两天!"

"就是!"

"嘿,你们不信可以去问要老师!"我鼓起勇气挥动衣袖,像个疯子似的喊,"走啊跟我走,到要老师办公室去。要老师任命的队干部,我看你们谁敢说三道四!"

看我态度这么强硬,同学们全都软下来。

"看样子是真的。"这个嘀咕。

"估计错不了。"那个咕哝。

我挺起身板,昂起脑袋,在教室过道里神气活现溜了两圈,接受大伙儿酸溜溜的注目礼,然后回到座位,风度翩翩地落座。不能跷腿了,不能弓腰了,我现在是队干部了。

同桌小米伸出白净的双手,为我把"二道杠"从胸口取下来,别到左肩膀。

"这样才好看。"她注视我,细声细气地说,"祝贺你哦,王买松,请多多关照。"

上个星期我弄坏了她笔袋上的拉链,她一个星期没理我,没想到看见我别"二道杠"就理我了。真好。

可是弄脏了要老师的笔记本,我心里非常不安。仔细想想,我不能任凭事情朝着坏的方面发展啊,我得主动认错! 我得力挽狂澜!

第二天中午,借着交作业的机会,我来到要老师办公室。我是把脑袋垂到脖子底下进去的,站在办公桌前明明注意到亮闪闪的果绿色,却不敢正眼去看。也不知道受了潮的键盘还是不是有用,要是弄坏了,我可赔不起。

"对不起要老师。"我做好了挨批的准备,"您的电脑……"

"是不是很漂亮?"她竟然这么说。

我抬起眼,撞见一面浅紫色的键盘,薰衣草一般温馨。我记得被我糟蹋过的键盘是橘黄色的。

"天呐! 您换了一台笔记本!"我感觉天要塌了,"多……多少钱?"

"换笔记本做什么? 我只不过换了一个键盘膜。"

要老师说着,伸出手指在键盘边沿上轻轻一提,就把整张薄薄的浅紫色键盘膜拎在手上了。

我惊得说不出话。原来键盘也可以穿衣服!

我如释重负,自信心又起来了。

生活阳光明媚地继续,我每天戴着"二道杠"进进出出,一天比一天自在快乐。要老师觉得那是我原先就有的,同学们觉得那是要老师给我的,没有人再怀疑它的来历,没有人再议论它。这给了我天大的错觉,仿佛这个"二道杠"果真是我的。

不过我觉得戴上这个"二道杠"后,行动好像受到限制了。上课不得不更专注,写作业不得不更端正,就连说话走路都不得不更一本正经。当然,学习成绩也跟着上去了。最幸福的是,要老师很器重我,差我做许多事情,收发日记、编小报、清算班费,我忙得不得了,连调皮捣蛋的时间都没了。照这样下

去,"三好学生"绝对没有问题。哈哈,我们老王家要出贵人咯!

书上说,成功源于坚持做你认为对的事情。

所以,这个"二道杠",我必须戴下去,哪怕我有时觉得它简直就是个紧箍咒。

只是我心里觉得十分对不起要老师。欺骗她,却没有勇气认错,我简直是个混蛋。

六月的午后,我和几个同学一起在操场的绿荫下垫排球,按规定两分钟一轮,我却霸占着排球一个人垫了十几分钟。我着急呀,马上就要垫球考试了,我还没练熟,球不听话老是滚。

同组的刘胖子看不下去了:"王买松你怎么这么自私?快把球给我!"

他越急我越不理他,继续垫我的球。

"你还真把自己当干部了?"刘胖子朝我嚷嚷,"冒牌货!"

这三个字刺了我一下。

我心跳急速,触电似的一阵痉挛,侧着脑袋试探:"什么冒牌货?"

"呵,给我球!"他趁我不注意掳走我手上的排球,跑一边垫去了。

我的心"咚咚"打鼓。他怎么知道我是冒牌货?还有谁知道?我的脑子乱起来。

往后的日子,我变得越来越敏感,留心去捕捉一些眼神,去偷听一些谈话,去洞察一些现象。但我始终不愿意开口问——你们知道我是冒牌货吗?尽管我越来越明晰地感觉到,他们全体都在为我圆谎。

我不能当什么事都没发生。我在纠结之中惶惶度日。我知道，我必须以最优秀的姿态去学习，去和同学交往，才对得起大家，对得起自己。

毕业考试结束后，我没能评上"三好学生"，但是要老师颁发给我另外一份证书，比"三好学生"的证书还要大，还要红。证书封面上写的是"积极分子"。

那一刻，我站在全班同学面前，站在要老师面前，什么话也说不出。

我摘下肩膀上的"二道杠"，放在讲台上，就像一个小偷归还赃物一样。然后我郑重其事地对要老师，对同学们，深深鞠了一个躬。我知道，他们也许早就等着这一刻了。小偷归还赃物是不是心甘情愿，我不知道，反正我是心甘情愿的；小偷归还赃物是不是流泪我不知道，反正我哭了。我伏在要老师的肩膀上，哭得酣畅淋漓，像一个失足的少年终于有了承认错误的勇气。

然后，我走出校门，走进小店，要把"二道杠"还给店主爷爷。

他依旧把自己埋在那些五颜六色的玩具里，动作迟疑，眼神散漫。

我把"二道杠"放在柜台上。

"哦，二道杠是中队委标志。是老师派你来还的，还是你自己来还的？"他慢条斯理地问。

"我自己。"我从裤兜里摸出一枚银色的硬币，藏在"二道杠"下面。

走出小店的时候，我吁了一口气，又想起奶奶的话：我们老王家要出贵人了……

亲爱的
白羊座

我会带着你给予我的温度。

我不像薰薰会撒娇，也不像老璐动不动就哈哈大笑，更不像虫菜走路的时候挺着胸膛唱着歌儿，我喜欢安静地坐在午后的石阶上，抱着膝盖低着头，看一只蜗牛如何从梧桐落叶的顶端爬到底部……牧歌说，像我这种温吞水似的金牛座，一定要有一位热巧克力一样的白羊座，当宝贝放在心里暖。

——题记

一

牧歌站在讲台前大秀微博的时候，底下一片失控的尖叫声。

会有哪个老师把自己的私人微博传送到大屏幕上,放电影似的向学生展示自己的旅行照片?若非实习老师,若非跟我们同属"90后",若非是不可一世的白羊座,能这么疯?

"这张,看见没?重庆的大足石刻……这是在敦煌的莫高窟……哦,这里必须停一下,请各位忽略画面正中央那位帅得过分的旅行者,去欣赏他身后的泸沽湖,这片美丽的湖哟,神秘又多情……"

"牧歌!你去过那么多地方啊!"

"你是属鸟的吧?那么能飞!"

"不对,牧歌属风,来无影,去无踪,呼呼,呼呼……"

天呐,这场面!

"我的物理试卷还有四分之二没有解决呢。"我嘀咕了一句。

"四分之二?"同桌老璐拽着我的胳膊哈哈笑,"亦青,你是不是看牧歌的照片看迟钝了,小学生都晓得约分,你不晓得?"

我抖抖试卷:"四个版面做了两个,不是四分之二啊?"

"喂,亦青,牧歌要走了。"老璐突然变得正经起来,"有没有觉得舍不得?"

"没有啊,"我淡淡地说,"实习老师嘛,实习期到了当然得走。天下没有不散的筵席。"

"你内心这么强大!骗谁呀?"老璐歪着脑袋靠近我,"亦青,怎么办,我已经把牧歌当哥们儿了!我好舍不得他走啊!"

我小声提醒她:"你和他不是一个性别哦。"

"那有什么关系,他就是我的哥们儿!"老璐扬着下巴说,"不过仔细想想,他走了也没关系,我可以通过微博找到他,照样保持联络!哈哈!"

唉,这副痴相,简直没得救了。

喧闹过后是安静的告别仪式。

像是所有的人都睡着了,只剩下牧歌一个人站在那儿,疙疙瘩瘩地挑选着伤感的告别词……从他富有沧桑感的喉咙里发出的那些被嚼烂的唐诗宋词,混合着头顶日光灯讨厌的"咝咝"声,环绕在教室里,凝固了空气,也凝固了我的思维。

一切仿佛有些失真。

走吧,牧歌,伟大的白羊座,你不属于我们初三(3)班,不属于死气沉沉的课堂,甚至不属于这个喧腾浮躁的世界,你的天空那么辽远,自由去飞吧!

我黯然地低着头,默默对付物理试卷。

为什么在这别离的夜晚,配合的习题不是浪漫的英语或者伤感的古诗词,偏偏是理智得近乎冷酷的物理题?

末了,多情的旅行者和我们——握手,在晚自习宣布解散的仓促铃声里,守着那最后一刻的讲台,目送我们离开。

我经过讲台的时候,牧歌伸出手臂挡了我一下,另一只手很快递过来一个牛皮信封。我躲闪着他的目光,犹犹豫豫接下那个信封,朝他浅浅一笑,拉着老璐拼命地跑。

二

湿漉漉的三月,小雨主宰了整个世界,也主宰了我的整个心灵。

操场被闲置了,天空也被闲置了,阳光更是不知所踪。牧歌带着我们躲在体育馆里,排练我们在这个学校的最后一次大合唱。

我们的合唱曲目是那首经典的《青春舞曲》。

"都拿出点儿精神来!"牧歌扯着嗓子喊,"要像兵马俑一样气宇轩昂、气势如虹!"

人堆里立刻腾起笑声。

"牧歌,兵马俑不会唱歌哦!"

"兵马俑哪儿是气宇轩昂、气势如虹? 分明就是土里土气、死气沉沉!"

"兵马俑不会唱歌? 兵马俑死气沉沉?"牧歌像个演说家一样爬到高处,"你们去过西安吗? 见过真正的兵马俑吗? 他们从秦朝站到现在,两千多年过去了,他们在地下唱了两千多年的歌,他们的青春,他们的热情,两千多年不曾磨灭,今天,如果你见到他们,会感到无比震惊!"

牧歌越说越激动,脖子上青筋毕露,轮廓分明的脸庞泛出红光来。

不知是谁带了头,人堆里爆发出啪啦啪啦的掌声。

牧歌吁了一口气,目光在人群中搜索:"谁是亦青? 亦青在哪儿?"

"那儿! 第一排最边上那个!"

同学们都把我指给牧歌看。

牧歌的目光探照灯一样射过来,我猝不及防地接住了。

"你是亦青?"

"嗯。"

"你就是这首曲子的钢琴伴奏?"

"嗯。"

"那我们来一遍吧。"

牧歌说着,对我做了个"请"的手势,然后抬抬下巴,示意大家进入状态。

徐玲
暖暖爱

系
列
小
说

我从合唱队伍里走出来,径直来到钢琴旁,落座,抬手,弹奏早已烂熟于心的《青春舞曲》。

琴键跳跃,旋律飞翔,我是那么小心,生怕一不当心弹错了音,混乱了节奏。

可当一曲终了,牧歌沉默了。

他摸着鼻子走过来,双眉紧锁,直勾勾地望着我:"亦青同学,这是《青春舞曲》,你以为是《秋日私语》啊? 太似水无痕了!"

我慌张地站起来,在大家注视的目光里,不知所措。

在这之前,我一直以为自己弹得还不错。

"你缺少热情。"牧歌夸张地打着手势,"你得蠢蠢欲动,恨不得从椅子上蹿起来,你得神采飞扬,你得激情四射,你的整个心灵都应该跟着节奏强有力地弹跳奔跑……"

人堆里发出一阵阵唏嘘,我杵在那儿,羞怯地低头看脚尖,拿不出半点儿热情和激情。

这是我和牧歌的第一次接触。

他就这么直截了当地伤害了我。

同学们都回教室了,偌大的体育馆,剩下我和陌生的牧歌。他要我一遍又一遍地练习,用自己全部的热情和力量去演绎《青春舞曲》,我很努力地配合,可是,他的眉头始终没能散开。

我抱歉地对他说:"老师,换人吧。咱们班会弹钢琴的多着呢。"

三

"对不起,亦青,我们偷看了你的信。"

016

牧歌离开的第二天,老璐向我坦白。

我当然有些生气,但还是坦然地耸耸肩膀:"看就看了,别说是偷。"

"没经过你的同意当然是偷看。"老璐伏在我手臂上呵呵笑,"亦青,没想到里面全是照片,更没想到七八张照片全是风景,连牧歌的半个人影儿都没有。"

"你以为呢?"

"我以为,哦不,我、薰薰、虫菜,我们三个都以为,信封里面会有些令人怦然心动的内容,比如说……"

"烦不烦啊?"我及时打断她的话。

老璐识相地捂了捂嘴巴,马上又嚷嚷道:"可是牧歌为什么偏偏给你送照片啊?"

她把"你"字咬得特别响亮,还晃了晃脑袋以示强调。

我的心跳惶惶地加速了。

牧歌给我的信封里有风景照,也有牧歌的人像照,最最关键的是,还有一封信。同室的姐妹怎会晓得,我早已将重要的内容藏起来,特意留下一堆风景照以满足她们的好奇心。

可是牧歌,你为什么偏偏给我送照片和写信呢?

我只是初三(3)班平凡的一员,在过去的一个多月时间里,你给予我的已经太多太多。

没办法神采飞扬,没办法激情四射,我沮丧地以为,牧歌会同意我的换人请求,让别人来弹奏《青春舞曲》,没想到他呀呀嘴说:"我就不信了。"

他围着钢琴围着我,低头绕了两圈,下定决心似的对我说:"亦青,我一定要把你身体里的激情带出来!"

这一刻,他亢奋自信的神情,他热烈果敢的眼神,如汹涌

的波涛猝不及防地冲击了一下我的内心。

在我所能接触的人群中，从来没有过这样的人。

飘着小雨的晚自习，我们安静地趴在课桌上，对付一浪又一浪的练习卷。

"亲爱的同学们，跟你们商量件事。"突然传来牧歌的声音。

我们从题海里挣扎着抬起近视的眼睛，看见牧歌背靠在讲台上，抱着手臂，神秘兮兮地笑道："星期天的最后一节晚自习，咱们去体育馆，好不好？"

"好！练歌总比写作业有趣！"

"不是练歌，是跳舞。"牧歌走下来，一双帅气的大眼睛骨碌碌转，瞅瞅这个，瞅瞅那个，像个不安分的精灵，"来一场青春舞会好不好？找点儿青春的感觉。"

"喔！"我们全体被雷倒。

这简直是个疯狂的想法，但似乎所有的人都认同了这个想法，并且都满怀欣喜地期待着。

体育馆，落地窗帘，DJ 音乐，缤纷的灯光。

牧歌兴奋得像个演员，卖力地为我们表演街舞。那灵活旋转的身体，那富于变化的表情，那骨子里透出来的热辣辣的劲儿，感染了我周围的同学，他们不由自主地随着节奏扭动身体，喉咙里发出酣畅的叫声。

不一会儿，舞池便人头攒动，热闹非凡。

什么习题、单词、升学、压力、烦恼……统统被抛到九霄云外去了。

老璐、薰薰和虫菜也都自觉融入了舞池，跟着强有力的节奏，扭作一团。

音乐嘈杂，人声鼎沸。我独自一人站在一旁，歪着脑袋看群魔乱舞。

"亦青，怎么不加入？"牧歌蹿到我面前，弓着腰摇摆着身体，"这里不需要观众！"

我朝他摆摆手，扭头找了把椅子，坐下来。

"亦青，你一定要跳舞，跳舞能激活你身体里的细胞，点燃你的激情，那样，你才能演奏出活力四射的《青春舞曲》！"牧歌大声鼓励我，还朝我伸出一只手。我吓得连连摇头。

他伸出两条手臂。我连忙把双臂抱在胸前。

他站直身体，双手插在腰际，无奈地朝我耸肩膀，却迟迟不愿走开。

我再不起身就说不过去了，只好忸怩地走向舞池……

四

有风，柔柔的，夹杂着五月特有的草鲜味儿，掠过我的发梢，向牧歌正在抵达的那个方向，徐徐而去。

"亦青，你了解泸沽湖吗？你知道它平静的外表下，澎湃着怎样的一种热情，燃烧着怎样的一种欲望吗？我要再次来到它身边，在晨光中凝视它，在暮色里与它对话，我要把自己交给它，融入它古老原始的风情里，如痴如醉的梦幻里……我要在它的宁静中寻找激情，在它的激情中获得宁静……"

远去的牧歌留给我的信，每一个字都如同他本人，活得仿佛要跃出纸面。

我不是鸟，也不是风，我没有走出过离家200公里之外的范围，又怎会了解遥远的泸沽湖，晓得它的风情和梦幻？

可我并不觉得有什么不妥或者失落。我在我的世界里，

生活得安然。如同我弹奏的《青春舞曲》一样,安然。

但是牧歌不允许。

体育馆的那场青春舞会,虽然令我有一些突破,却没能彻底唤起我的激情。更糟糕的是,牧歌被校长喊了去,听说被训了一顿。

这不奇怪。在严肃的初中校园,怎么可以搞舞会? 哪怕只是一堂晚自习,哪怕只是一分钟,都不可以。更何况,中考已进入百日倒计时,每个人的命运,全部维系在一道道习题、一张张试卷上。能够组织一次大合唱,已经是分外开恩了。

"完了,咱们的牧歌说不定明天就得卷铺盖走人。"

"是啊,偷偷在班里开舞会,这种事情捅到了校长那儿,就是大事了!"

"不会吧,这样就走人?"

寝室里,老璐、薰薰和虫菜你一言,我一语地议论。

我只顾铺床叠被,权当局外人。

老璐递给我一片苏打饼干:"亦青,你说牧歌会被取消实习资格,立马走人吗?"

我摇摇头:"不晓得啊。"

老璐于是"哈哈"笑出了声,完了耐人寻味地来一句:"你不晓得谁晓得?"

我感觉面颊一阵发烫。

幸运的是,校长并不是那么不近人情,牧歌继续留在了我们身边。

他很努力地带我们学习,很认真地给我们上体育课,也尽心尽力给我们排练大合唱。校长的训斥没有在他身上留下任何痕迹,他依然风风火火,热力四射,浑身有使不完的劲儿。

"怎么办？亦青，你的演奏还是没有激情燃烧的感觉。"

空荡荡的体育馆，只剩下我和牧歌两个人。

"你是金牛座的吧？"牧歌斜着肩膀侧身靠在钢琴边，"安静的气质，从容的心态，不争的个性……就像一杯温吞水。"

"温吞水？"一丝不悦掠过我的心头。

"哦，对不起。"牧歌大大咧咧地耸耸肩膀，"你知道吗？我是著名的白羊座，人家都说白羊座是一杯热巧克力，能把冰融化，也能让水滋生出甜味来。"

我默不作声地听着。

"我 16 岁开始旅行，从此疯狂地爱上了这种生活的方式，我去过祖国的东南西北，到过欧洲和非洲。"牧歌开始眉飞色舞地讲述他的旅行心得，"在旅途中，你永远都不知道下一秒会发生什么，你会遇到各种新鲜的事物，接触到各种不同的人，你会发现，你的眼睛和心灵都是自由的，是透明的，你的心像飞翔的鸟儿打开的翅膀，向着天空和大地无限延展……"

我望着他上扬的嘴角、随心所欲的手势，似懂非懂地点着头。

"扯远了……嗯，回到主题，我有个好主意，也许可以把你身体里的激情调动起来。"牧歌说到"好主意"，变得更加神采奕奕，"星期天我带你去大学校园玩儿。"

我吓得不轻："什么？"

"不能叫玩儿，是去发现，去体会，去感受……哈哈，去领略青春的活力和激情！"牧歌说着，有力地甩一下脑袋，拍拍我的肩膀，"亦青，就这么说定了，带上你们寝室全体人马，咱们一起去捕捉青春的画面！"

我还真想去大学校园里走走。那儿的空气一定特别清新,那儿的大学生一定特别自由和幸福,就连校园里鸟儿的叫声都不会压抑吧。

我向往!

当我把这个消息告诉老璐、薰薰和虫菜时,她们比我兴奋一百倍。她们尖叫着商量穿什么衣服和鞋子,背双肩包还是斜挎包,带什么样的零食……

五

星期天眨眼就到了。

恐怕全世界参观大学校园的人,都没有牧歌这么张扬。他穿着鹅黄色的衬衫,外面罩着果绿色的马甲,大红色的裤子前前后后上上下下有一百个口袋,帽子是咖啡色的牛仔,紫色的双肩包上缀满各种稀奇古怪的挂件,脖子里挂着好几台照相机……

"哇,牧歌,你对颜色很有包容度哦!"老璐朝他竖起一根大拇指。

"是啊,真敢乱搭配。"薰薰小声咕哝,"不过呢,牧歌,还真的很帅气哦!"

"嗯,的确不错!"虫菜也大声附和。

这下牧歌更神气了,围着我们几个跳来跳去:"嘿,青春嘛,就是彩色的,没点儿颜色哪能绚烂?"然后话题一转,"你看你看,你们几个,不是灰色就是黑色,打扮得跟出土文物似的。"

我们几个交换着眼神,互相耸着肩膀。

"你们闻,这儿的空气中弥漫着青春的味道! 自由、平等、热烈、激昂!"牧歌闭上了眼睛。

我们跟着闭上眼睛……

牧歌发给我们每人一台照相机,要我们捕捉青春的镜头,看谁的作品最有活力,最能打动人。

我们举着相机睁大眼睛。

我们看见了林荫道下读书的姐姐。哦,青春是一次忘我的阅读!

我们看见了足球场上奔跑的哥哥。哦,青春是一场激越的球赛!

我们看见了画室里用心描摹的哥哥姐姐。哦,青春是一卷斑斓的画!

我们看见了草地上促膝相谈的身影。哦,青春是一段刻骨铭心的情谊!

……

原来青春的画面如此丰富和美妙!哪怕平静,也焕发出生命动人心魄的光彩!

我们抱着相机满载而归。

我们收获的,何止是这些常见却珍贵的影像,更多的是心灵的感悟。

老璐、薰薰和虫菜一路上话多得可以用火车装,而我,尽管安静不语,内心却早已波澜起伏。

我觉得心中有一扇什么门被撞开了,身体里那些沉睡的细胞被一个一个唤醒,血液里一点一点滋生出热辣辣的激情,正往身体的各个角落发散……我亢奋了。

青春果真是一场多姿多彩的舞会!

而舞者的心灵,就应该是激越的!

大合唱比赛的日子终于来了。

我坐在钢琴前,身后,是我亲爱的兵马俑一样神勇的战友们。

牧歌身着绯色的燕尾服,骄傲地抬起手臂……此时此刻,每个人的激情都呼之欲出了。

那些青春的画面,闪过我的脑海,流过我的血液,直抵我的灵魂。我也是青春故事里生动的主角,我的青春才刚刚起步,我需要诉说,我需要呐喊,我需要歌唱,我渴望全世界都能听见我激情澎湃的声音!这是青春的旋律,是奔放的乐章,是不朽的诗篇!

我们的《青春舞曲》获得了巨大的成功。

我们表演得酣畅淋漓。不,这不是表演,是表达,是释放,是热情的挥洒和真诚的纪念。

同学们簇拥着牧歌,笑呀,叫呀,跳呀,快乐像浓浓的热巧克力一样流淌在每个人的心间。

人群中,牧歌的目光越过一个个人头,锁定了我。

这一次,这目光安静平和,从未有过。

六

"亦青,亲爱的金牛座,原谅我把你说成温吞水。看着你的热情一点一点释放,听着你激荡人心的弹奏,我为你骄傲。真担心在我离开以后,你的活力、你的激情会慢慢消散,像你这样的金牛座,需要一位像热巧克力一样的白羊座,把你当成宝贝放在心里暖……"

东风吹过,将我的感动和感激全部带走,去往神秘的泸沽湖,那个了不起的白羊座身边。

牧歌,怎样才能让你晓得,其实,我不是金牛座,我出生的季节,梨花白、桃花红,我和你一样是著名的白羊座。只不过我身体里的小白羊暂时沉睡了。谢谢你来到我身边,激活了我的小白羊。

亲爱的白羊座,我会带着你给予我的温度,勇敢、豪迈地奔跑在自己的青春之路上。

亲爱的白羊座,你要记得有一个叫作牧歌的大男孩,曾经像一道虹一样闪现在你的生命里,热烈,绚烂,却是永恒。

知己红颜

我们像两匹既僵
的千里马。

辫子不是随便散的，短信不是随便看的，三叶草不是随便送的……我的《青春词典》里，乱码很多，空白也很多，但是，你的名字写得端端正正排正数第二，不骗你。

——写给我的知己红颜

"谷雨，文老师叫你去。"路路走过来敲我的课桌。

那个样子像极了《上海滩》里的丁力。

我才不上他的当。这种低档次的玩笑又不是第一次开。

"不去是吧？你会后悔的。"路路甩甩花白的头发。

才 14 岁啊，顶一头花发多少有些不伦不类。谁叫他油腔滑调又不爱吃蔬菜？不长白头发才怪！

我翻开英语书"叽里呱啦"念，以示把他的话当成耳旁风。

这家伙急了，夺过我的英语书嚷嚷："难道要等文老师拄着拐杖亲自来请你去？"

"拄着拐杖？"我被吓了一跳。

路路一本正经地说："你不知道？昨夜文老师值班，下楼梯的时候不小心把脚给扭了。"

下楼梯扭到脚这种事情很常见。文老师年岁已高，眼睛又高度近视，扭脚的概率就更高了。

我吁口气站起来往外走。

"喔——"

"咳——"

身后同时腾起一片欢呼声和一片叹息声。

不用多问，我又上当了。

欢呼的是胜利的一方，猜对了我会上路路的当。

叹息的是失算的一方，原以为我会在路路低水平的骗术面前稳如磐石，没想到我令他们失望至极。

"还不叫路哥哥？"路路得意地朝失败方喊。

"路哥哥！"几个男生拖着长音不情不愿地叫着。

路路甩甩花发，坏坏地朝我笑："谷雨，扭到脚这种话你也信？你什么时候可以变得聪明点儿？"

"你！"我气得跺脚。

"谁说谷雨不聪明？"

一个声音救了我。

是红颜，我亲爱的同桌，我上铺的姐妹。

她落落大方地笑着,扬扬手上一叠试卷:"本次月考的数学状元就是——谷雨小姐。"

"哇!"全班惊叹。

"路路,你知道你考了多少?"红颜调侃道,"给你三个选项:A. 71分   B. 81分   C. 91分,你选吧。以你对自己的了解,应该不会选错哦。"

同学们笑呵呵地望着路路。

"有什么好选的? 我能有多少分?"路路给自己找台阶,"昨天考试的时候,我肚子一个劲儿疼,脑袋也疼,浑身无力,根本没心思思考题目。实际上,按照我的智商,比谷雨多考那么5分,绝对没问题啊!"

"哦?"红颜忍不住笑道,"你想比谷雨多考5分? 谷雨是满分120耶!"

"啊?"路路抓抓头发撇撇嘴,不知道该说什么。

我心儿狂跳,赶紧从红颜手里抓过试卷来看。

她没有骗我,真的是满分!

我谷雨何德何能? 居然也弄了个满分,实在是出乎意料。

"你知道吗,红颜,你知道吗? 我长这么大头一次考这么高的分数!"我激动得面颊发烫,"以前小学二年级的时候考过100分,后来就一直无法刷新那个记录,直到升入初中,最好的成绩是有一回英语考了114。天啊! 这回是120,满分! 怎么会呢?"

"会不会批错了?"没等红颜说话,路路伸着脖子抢先说,"没准儿是批错了,你占了老师粗心大意的便宜。"

"老师怎么会粗心大意?"红颜说,"你说话负点儿责任好不好?"

路路嗅嗅鼻头,把自己那份写了"71"的数学卷折了好几折,塞进书包里。

"怎么庆祝?"红颜挽住我的胳膊,"下了晚自习请我吃炒面吧?"

"好说。"我咂咂嘴,"哎呀,现在得发个短信给家里报报喜。"

"发短信? 谁会带手机呀?"红颜耸耸肩膀。

"我有。"路路转过来,贼一样把手机塞进我桌上的英语书里,然后"嘿嘿"地笑,"看在你考满分的面子上,赞助一回。不过,我可要收费的哟!"

我晃晃脑袋,握住路路的手机躲在课桌下给妈妈发短信,内容如下:

妈,数学 120,白格子 160,千万,雨。

我发完短信把手机递给路路。

"删了没?"红颜提醒我。

"别删别删,数学状元发的短信让我学习学习嘛!"路路说。

"不给你看。"

我说着把短信翻出来递给红颜:"给你看。"

红颜看了,先是皱皱眉头,而后会意地笑了。

全天除了我妈,只有红颜看得懂我的短信。

下了晚自习,我和红颜常规性地走向宿舍楼前的点心摊,路路端着一碗炒面救火似的迎上来:"谷雨,我请你吃炒面,4元一份,带牛排的!"

"太阳从西边出来啦?"我吓一跳,"你会请我吃东西? 下毒了吧?"

"真心诚意地请你吃,祝贺你把红颜比下去,成为我们班新的数学公主! 希望你继续保持! 一直一直把她比下去!"路路扬着眉毛看看我,又瞟一眼红颜。

我不知道该怎么接话。

路路做个鬼脸,把面往我手上一放,飞走了。

"什么牛排啊,头发一样粗的牛肉丝而已。"我转移话题。

尽管红颜是我的知心朋友、贴心姐妹,但我还是看出了她脸上一闪而过的尴尬和不悦。

她是数学课代表,分数一直领先,这次被我抢了风头,没想法才不正常呢。

"你不是喜欢吃炒面吗? 老规矩,你先吃,剩一半我吃。"我把碗递给红颜。

红颜抿抿嘴:"嗯……我好像不饿,还是你吃吧,本来就是买给你吃的,没我的份儿。"

她说完快步走向宿舍。

我心里不是滋味儿。

一晚上,她跟别人有说有笑,就是不对我笑。

看得出来,路路的话伤害了她。

第二天一早,姐妹们都穿戴洗漱完后出去了,红颜却披着头发弓着身子在铺上忙活。

"该走啦。你在找什么?"我仰头问她。

"皮筋,我扎头发的皮筋不见了,真是奇怪。"

"我有。"

我毫不犹豫地把自己的辫子散了,取下皮筋给她。

她看看我披散的长发："你还是自己用吧。"

"拿着吧,我课桌里还有。"我笑呵呵地把皮筋放在她床上,"我先去选早点,你快来哦。"

这么做我感到自己很了不起。

刚进食堂,政教主任就将我拦住:"披头散发的成何体统?快扎起来。"

"皮筋在同学身边,一会儿就扎,马上就扎……"

我越过她的阻拦,捂着嘴巴咯咯笑。

红颜紧跟着我走过来,也被主任拦住了,主任的样子有些激动:"302宿舍是不是流行披头发?刚逮着一个又来一个。红颜,你可是学生干部,不能没个正经样子。"

"知道。"红颜应着,拉下手腕上我给她的皮筋,熟练地拢了条马尾辫。

坐到我身边,她却把皮筋摘下来:"给你。你的课桌里有没有皮筋我还不清楚?"

我吐吐舌头:"要不,咱俩轮着扎。"

"不用。"红颜说,"我会有办法的,你自顾自好了。"

握着热腾腾的馒头,我却感到浑身发冷。

红颜人缘好,刚进教室就借到了皮筋,解决了头发问题。

我呢,刚坐下就被一拨男生围起来了。

"新科状元,感想如何?"

"是不是很幸福啊?"

"数学天才,请问你接下来还有实力继续保留状元头衔吗?你担心红颜会超过你吗?"

"你和红颜是要好的同桌,你希望她下次考试超过你吗?"

"你想不想做数学课代表?"

"长江后浪,你的前浪会不会病倒在沙滩上呢?"

"……"

这么敏感的话题,我当然不会搭理。

等我转过头去看红颜时,却发现她已经不在座位上了。

"她一定受伤了。"路路慢条斯理地甩甩花白的头发,"她被你的光芒灼伤了。"

我朝他瞪眼睛。

"怎么样,我安排的采访团阵势还可以吧? 像不像娱记? 你刚刚有没有做明星的感觉?"

"什么?"我叫起来,"原来是你安排的?"

"当然。"路路晃晃肩膀,"除了我,咱们班谁会有这样的号召力? 让你高兴高兴嘛!"

还高兴? 我嘴巴都气歪了。

"对了,昨晚的炒面味道如何?"

"不如何。"我铁青着脸说。

"怎么会? 我明明尝过,味道不错的,尤其是那个牛排……"

"那碗面你尝过? 你去死——"我抓起数学书砸他。

他灵活地躲闪开,一步跳出去三排课桌远。

"我发誓以后不再理你了。"我说。

"那怎么行? 你还欠我短信费,每条 10 元。"路路说,"两条 20 元。"

"你抢劫?"

"这是教室价,不贵。我把手机带来教室,承担风险的。"

"怎么会有两条?"

"哦,忘了说,你妈回了一条。"

"拿来我看。"

"再出 10 元,一共 30 元。"

我不再理他。

一直等到上课,红颜总算进教室了。

数学老师当着全班同学的面大肆表扬我,我脸红心跳,不敢朝红颜看。

她是数学课代表,又是很多次的数学状元,听老师表扬我,她心里一定很难过。

接下来的日子里,我们虽然还是一起吃饭,一起下课,但话明显少了,两颗心似乎疏远了。

红颜学习更加努力,似乎要使出所有的力气和我拼。我当然不甘示弱,既然她摆出跟我比拼的架势,我怎能退缩?

英语考试她以 2 分之差排在我后面。

我为自己的进步感到高兴。

然而,红颜的话更少了。

一天午饭后,我约她到小亭子里谈心。

"红颜,我知道你很不开心。"

"没有啊。"

"其实我对课代表没兴趣。"

"兴趣是一回事,做不做又是一回事。要是下次你数学再考一个满分,我把数学课代表让给你做。他们说得对,你是长江后浪。我这个前浪该在沙滩上休息休息了。"

"别幽默了。你是常胜将军;我考试发挥不稳的。"

"有本事你再赢我,次次都赢我。"红颜抬起下巴。

那样子分明是在向我挑战。

谈不下去了。我只有接受挑战的份儿。

周末是红颜的生日,我给她准备了礼物,她喜欢的:一盆小小的三叶草。

我在土里浅埋了一张纸条:

辫子不是随便散的,短信不是随便看的,三叶草不是随便送的……我的《青春词典》里,乱码很多,空白也很多,但是,你的名字写得端端正正排正数第二,不骗你。补充:排第一的是我爸妈。

然后,我们各自回家过双休日。

妈妈没让我失望,真的给我买了160号的白格子连衣裙,算是对我的奖励。

我一直念叨的白格子裙,原来只要有拔尖的分数,就可以轻而易举地换回。

我在全家人和老师的期许中发愤学习,门门功课都出类拔萃。

而我的红颜,依然跟我较着劲儿。

我们像两匹脱缰的千里马,在辽阔的草原上你追我赶,越跑越快,把马群远远地甩在身后。

我一直很好奇她收到我那么煽情的生日纸条,为什么不温柔地敞开心扉,像从前那般对我。

直到有一天,路路说漏了嘴我才知道真相。

原来,炒面、采访团……都是红颜导演的戏,路路只是她物色的演员。

一切都是为了让我有一颗进取的不服输的心,不要因为得意放松对自己的要求,而从高分上摔下来,也不要因为不自信而放弃争取。而红颜自己,同样需要一个势均力敌的对手。

我亲爱的红颜,我的知己!

青豆哥哥 红豆妹妹

“明天真的是立秋吗？”

青豆哥哥是个黑瘦的男孩儿，爱笑，爱游泳。

红豆妹妹是个大眼睛的女孩儿，爱噘嘴巴，爱幻想。

青豆住在河的南岸，红豆住在河的北岸。

青豆站在后门口扯着嗓子喊：“两颗豆子，两颗豆子，一起玩，一起玩，一颗叫作青豆，一颗叫作红豆，真快乐！真快乐！”红豆听见了就从屋里走出来。

青豆“扑通”一声跳下河。他整个身子沉在水里，只露出一个脑袋，两只眼睛盯着河岸边的红豆，咧着嘴喊：“水里好凉爽，好舒服哟！”

“那我也下来试试！”红豆多么羡慕。

青豆说：“水里有落水鬼，会吃了你的！”

　　红豆噘着嘴不说话。她不会游泳。她在河边做过的幅度最大的动作，就是坐在水石阶上，把两条腿伸进水里荡来荡去。

　　青豆张开双臂用力拍打着水花嚷嚷："喔喔喔，落水鬼吃人咯，小女生不可以下水哦！"

　　对于"落水鬼"，红豆既害怕又好奇。妈妈说过，在红豆还是个刚会走路的小屁孩的时候，邻居婶婶就被落水鬼抓走了。

　　那是一个吃人的夏天。先是村头扁豆伯伯 8 岁的小女儿偷学游泳的时候被落水鬼抓走了，紧接着做木匠的孙叔叔 4 岁的小儿子稀里糊涂一个人跑到河边，也被落水鬼抓走了，再后来是红豆的婶婶遭了殃。

婶婶是村里说得着的俏媳妇儿。那年夏天的一个黄昏，叔叔说要吃螺蛳，叫婶婶去村口临时的小菜场买，婶婶鬼使神差地挽着裤管自己下水石阶摸螺蛳，再也没能上岸。叔叔把婶婶冰冷的身体捞起来搂在胸口，咬着牙蹦不出一个字。从此叔叔不再吃螺蛳。

自那以后，村上流传开了"落水鬼吃人"的传言。有的说，落水鬼是一个大怪物，它要是看中谁，就会拖住谁的脚往河底拉，无论你怎么使劲儿，都摆脱不了它；有的说，落水鬼是一个寂寞的精灵，它想要和谁做朋友，就把谁带走；还有的说，每一个被落水鬼抓去的人，也都会变成落水鬼……

有了这些奇奇怪怪的传言，胆小的女生几乎不敢到河岸去，更不敢上河滩洗脚洗衣服。大人们不许小孩单独下河游泳，更不许女孩子下水，大妈大婶上河滩洗衣服也都小心翼翼的。

红豆不相信"落水鬼"的说法，她希望有一天可以下河去证实一下，说不定河里根本就没有落水鬼，就算万一遇到落水鬼，也许还能和它较量一番，打得它落花流水。

这会儿，红豆望着碧粼粼的河水，望着水面上一圈一圈变化的波纹，越发觉得"落水鬼"是那么神秘和富有吸引力。

青豆突然把自己藏起来，不弄出一点儿动静。

红豆急得乱叫："救命啊！青豆碰上落水鬼了！"

青豆的脑袋突然从水面上冒出来，眯缝着眼睛朝她做鬼脸。

红豆把脚一跺，转身跑了。

知了在树上卖力地歌唱，周围一点儿风都没有，小狗热得吐舌头。这样的天气,青豆觉得不泡在河水里简直没法活。

红豆拿把蒲扇坐在屋后的柳树下,一边慢悠悠地摇,一边掐着手指算爸爸什么时候回来。爸爸去城里打工了,立春第二天走的,快半年了。前几天爸爸打电话回来,说天太热,活儿也不多,老板要放他一个星期假,立秋那天回来。而且,他已经给红豆买好了上五年级要用的新书包和新笔袋。

这个消息使红豆兴奋得没法吃饭也没法睡觉。

她每天看日历,翻到立秋的那一天,冲着"立秋"两个字甜甜地笑。她觉得立秋来得好慢好慢。

青豆从河里爬上岸,摘了个香瓜来找红豆。

"怎么还不立秋呀?"红豆问他。

"立秋? 没几天了吧。你要立秋干吗?"

红豆说:"那是个喜日子!"

青豆扬起手掌劈开香瓜,连皮带肉狼吞虎咽吃了起来,吃得黏糊糊的香瓜籽挂满嘴唇。

说了一会儿,青豆的奶奶过来喊:"青豆,人家都去江滩上抓蟛蜞回来喂鸭,你躲在红豆家玩儿,有出息咯!"

青豆"哦"地应一声,抹抹嘴巴拔腿就跑,边跑边喊:"抓蟛蜞去——"

江滩在村后2里远的地方,滩涂上到处都是小水沟,小水沟里有小鱼小虾,是蟛蜞休息、觅食、穴居的地方。鸭子吃了蟛蜞这样的活物,长得快,生出来鸭蛋的黄又红又圆。

村里的男孩子都擅长抓蟛蜞。但是,没人敢到江水里游泳。大人们说,江水里的落水鬼比河里的落水鬼力气大。

傍晚的时候,青豆回来了,乐呵呵地从小竹篓里抓出两把小蟛蜞,丢给红豆家的鸭群,鸭群沸腾了,你争我抢乐不可支。

红豆开心地鼓掌："青豆哥哥，明天我跟你一起去江滩上抓蟛蜞。"

"好哇好哇！"青豆很开心。

两个人说好第二天去抓蟛蜞。

可是情况发生了变化，青豆浑身发痒，水痘一个接一个冒出来。

青豆乖乖地待在家里，看奶奶往他的水痘上涂紫药水，一个小圆点一个小圆点的紫色，很可爱。奶奶还把青豆的手指用纱布缠起来，嘱咐他不可以挠水痘，水痘挠破了会留下难看的疤痕。

青豆觉得很难熬。

红豆抱着童话书过来了。

"青豆哥哥，你安心治水痘，我给你念童话故事。"

"女生才喜欢听童话故事哩！你给我讲冒险故事，或者妖魔鬼怪的故事吧！"

"我不会讲。"

"那我来讲。"

青豆来劲儿了，绘声绘色编起了鬼怪故事："有个小不点儿落水鬼，专门喜欢抓大眼睛的女生，只要哪个大眼睛的女生手或者脚碰到河水，小不点儿落水鬼就会使个法术，把她拉进水里，然后一直把她带到河底的淤泥里，把她变成一只张牙舞爪的螃蟹，使唤她做各种各样的事情，她要是不干，'小不点儿'就会扯断她的大钳子……"

红豆听得嘴巴噘得老高："不信不信我不信……"

"你一定要相信。"青豆一本正经地说，"女孩子不可以下水游泳的，尤其是你这种大眼睛女孩子……"

红豆才不管："等你的水痘好了，带我去游泳！人家不是说江里的落水鬼力气更大吗？你就带我去江里游泳，我就不信……"

青豆吓得吐舌头："说好去江边抓蟛蜞的，没说去游泳哦！"

立秋的日子越来越近，青豆的水痘也一天天瘪下去。

想到爸爸要回来，想到新书包和新笔袋的样子，想到去江边抓蟛蜞和游泳，红豆浑身充满力量。一大早她跑去找青豆，叽里呱啦地说："青豆哥哥，你的水痘好了吧。明天立秋，是个喜日子，我没空去江边。今天咱们就去江边捉蟛蜞和游泳吧？"

"可以啊，"青豆支着下巴说，"不过呢，你得告诉我，为什么说明天是个喜日子？"

红豆眨巴两下眼睛说："我爸爸明天回来，他给我买了新书包和新笔袋！"

"哇！"青豆为红豆高兴。

偌大的江滩上，皮肤黝黑的男孩子们光着脊背，兴高采烈地抓蟛蜞。

红豆跟他们一样赤着脚走在软沙土上，一会儿回头看自己的脚印，一会儿"呵呵"地笑。

"你的脚，你的脚！快下手啊！"青豆大声喊。

红豆这才注意到，一只胆大的蟛蜞居然爬到了她的脚背上。她惊喜万分，张开手掌拍下去。

"啊"的一声惨叫，惹得青豆大笑。

上过蟛蜞的当，红豆没心思抓蟛蜞了，要到江水里游泳。

青豆经不住她一再请求，只得陪她下江。

为了不被人看见，他们沿着江滩走了很远才下水。

"只玩一会儿哦，"青豆紧紧拉住红豆的手，引她慢慢儿走下水，"时间长了有危险，落水鬼盯着你呢！"

"我不怕！"红豆一步一步往水里走，"它来呀！我揍扁它！"

没走出几步，水就没过了她的屁股，接着没过腰。

红豆的腰不由自主地摇晃。

青豆扶住她："学游泳先要练习憋气。"

说着他松开红豆的手，把头埋进水里，示范给红豆看。

红豆心急，划动双臂朝前迈。

她看见青豆平时在河里游泳就是这种姿势。

可是，等她腾起身想要蹬腿的时候，整个人失去控制，漂向江心……

"红豆妹妹！"青豆抬起脑袋，发现红豆扑腾扑腾十分危险，急得大叫，"我来救你！你等着！"

青豆使出全身力气游向江心，去拉红豆的身体。

一个浪头打过来，将红豆整个儿吞没。

"红豆妹妹，我不要你变成落水鬼！"

青豆潜下水找寻，却被另一个浪头卷入漩涡……

蓝蓝的天空下，江鸥张开翅膀无声地掠过；长长的江堤上，赶船的人们急急忙忙往前走；喧闹的江滩，蟛蜞若无其事地爬来爬去……

只有静静的芦苇荡听见一个男孩儿和一个女孩儿的对话：

"青豆哥哥，明天真的是立秋吗？"

"是啊，明天立秋。"

浪漫马丁靴

我把粉红的盒子
抱在怀里。

"亲爱的你说,为什么不穿皮靴?"达芙妮把头埋进我臂弯里发嗲。

我放下书侧身找她的脚,看见它们被一双卡其色的雪地靴裹得玲珑可爱,配上一条黄格子及膝百褶裙,很女生。

我的这个同桌,虽然长相一般,却因为舍得在打扮上花银子下功夫,所以在全校都颇有名气,人气直逼隔壁班那朵人见人爱的校花。

"为什么不穿嘛?"达芙妮抬起脸摇晃我的胳膊。

我说:"皮靴多贵。"

"是啊,"那家伙把脚抬起来看,恨不得抬到我肩膀上，"是蛮贵的。你猜多少钱？"

我对此毫无兴趣，耸耸肩转过去继续看书。好好的晨读课可不能浪费在无聊的话题上。

"嗨，米奇！"达芙妮转到后面，"看见我的新皮靴了吗？"

"看见了看见了。我今天也穿新皮靴了，你看你看。"

"哇！正宗的流苏靴耶！什么牌子的？"

"富罗迷。"

"搞错没有？这么大还穿童靴？"

"本小姐可是三寸金莲……"

"我的脚也不大呀，正宗的三寸金莲……"

"呵呵……我看你们都是潘金莲……"

"你说什么！"

噼里啪啦——遭殃的是安踏。谁叫他口不择言！

要不是花老师进来视察晨读，安踏很有可能会被米奇和达芙妮砸成重伤。这年头，女生怎么就这么容易冲动？当然，本人除外。

"报告花老师！"安踏抱着脑袋起身告状，"我遭到了野蛮女生的疯狂袭击。"

全班肃静。

"岂有此理！哪位如此野蛮？快快道来！"奶奶年纪的花老师抖擞精神冲下来，粽子样的花白发型看上去柔韧有力，具有相当的震慑力。

"是——哎哟！"

安踏龇牙咧嘴找自己被踩疼的脚："噢，我的新李宁！"

"什么乱七八糟的！"花老师瞪起眼睛："安踏我跟你说，你不要--一天到晚惹是生非制造动乱唯恐天下不乱。学习乃是第一位的,你的古文背熟了没?"

"熟了,熟得发焦了。"安踏说。

"呵呵呵……"

"都严肃点儿,"花老师一本正经道,"安踏,速速将《郑人置履》背来我听。"

安踏屁股一撅:"买鞋子就买鞋子呗,干吗要叫'置履'?嗯,买鞋子的事情我不在行,女生比较在行。她们最近流行穿靴子,什么及踝靴、中筒靴、高筒靴、过膝靴、平底靴、坡跟靴、雪地靴、流苏靴、马丁靴……丰富得不得了。您还是找女生背这段古文比较合适。尤其是米奇和达芙妮。"

所有的目光都停滞在安踏的嘴巴上。

就连花老师都惊讶无比,端着眼镜小学生一样尖叫:"安——踏——你为何对女生的靴子如此有研究?"

"没办法啊,"安踏态度极其认真,"现在运动鞋市场被靴子搅得乌烟瘴气,我当然要了解市场行情。有必要的话,我们运动品牌会研发运动女靴,早日抢占市场。"

"哇——"全班惊叹。

"My god!"花老师用几乎崇拜的眼光打量安踏,"多金的点子啊!"

听听,话都不会说了。

"多金的点子啊!"全班附和。

安踏拱拱鼻头得意地坐下去,对米奇挤眉毛,朝达芙妮做猪脸,全然忘记了自己差点儿被砸成重伤的事,忘记了被人狠踩脚板的事,也忘记了背古文的事。

瞧瞧,人一得意就健忘。

"你请起立。"花老师神情严肃地注视安踏,"为师发现你脑子非常灵光。既然如此,请把《桃花源记》背一遍。"

"啊?那么长!"安踏做晕倒状,"我还是背《郑人置履》比较合适,因为我叫安踏,跟鞋子有关。不过,可不可以让米奇跟我一起背呢?"

"你是说男女声二重唱?"花老师有点儿兴奋。

米奇哭笑不得:"报告花老师,我不愿意。"

"那我跟达芙妮二重唱。"安踏飞快地说。

"我更不愿意。"达芙妮晃晃肩膀。

安踏抓抓头发看我:"Adidas,我的前座,看在我每天必须盯着你的发梢上课的份儿上,跟我二重唱好不好?"

"如果我和米奇、达芙妮她们一样有靴子的话,我会愿意的。可是我没有。"我调侃道。

"啊呀——"安踏双掌遮面,"花老师,我主动请求把《郑人买履》抄三遍!"

"不行不行,老规矩,要五遍。"花老师毫不留情。

"喔——"全班起哄。

课间,女生们趴在栏杆上看风景聊靴子,男生们叽里呱啦学周杰伦哼《红尘客栈》。

安踏闷头飞快抄古文。谁让他背不出!

我注意看走廊和楼下走过的每一个女生和女老师,发现超过一半的人穿了靴子。雪地靴温暖可爱,流苏靴帅气动感,马丁靴浪漫优雅……美极了。

"快看校花!"

不知谁提醒了一句,我们齐刷刷朝走廊那头瞧去。一个鹅黄色的俏丽身影很快消失在走廊尽头,留在我脑海里的却是一双白色的马丁靴。

好一双浪漫马丁靴！

"本来我也想买那双马丁靴的。"达芙妮对米奇说，"不是真皮，价钱太便宜，显不出档次。"

"可是人家穿了很漂亮嘛。"米奇说。

"马马虎虎啦。"达芙妮绷直脚面把脚举起来，"相比之下，当然是我的雪地靴好看。"

"马马虎虎啦！"女生们齐声说。

达芙妮跌进我怀里来："哦，我的 Adidas，她们狠狠地欺负了我。你说你说，是我的雪地靴漂亮，还是校花的马丁靴漂亮？"

我笑笑："都不漂亮。"

"什么？"达芙妮跳起来。

"说实话，我觉得靴子一点儿都不好看。"我说，"跟农夫穿的雨鞋没啥区别。"

"啊？"

"怎么会呢？"

"靴子是鞋子中的贵族，怎么不漂亮！"

"人家都说，穿靴子的都是美女。你难道没有听说过吗？"

"人家还说，穿靴子的都是浪漫女生。"

"……"

众女生群起而攻我。

就在我几乎被唾沫淹死的时候，一个男高音劈过来："吃不到葡萄说葡萄是酸的！"

我听得出是安踏。

我真的快被淹死了，只好假装没听见，装模作样向远处望。

"我说Adidas,你怎么连双靴子都没有呢?"安踏接着说。

"是啊,我也觉得奇怪。"米奇说,"班上哪个女生没有靴子?"

"是啊是啊……"女生们附和。

我不吱声儿。

"哎呀,兔子爱吃萝卜,小猫爱吃鱼,每个人的喜好不一样的嘛。"达芙妮帮我说话,"我们Adidas不穿靴子一样可爱。最关键的是,她功课好,功课好比什么都强哦!"

我很感激地挽住达芙妮的手。

我不穿靴子当然是有原因的。"农民的雨靴"不是我的心里话。而且,就算我功课是年级里一级棒的,也不能成为我拒绝穿靴子的理由啊。

我想穿马丁靴,想做一个美丽浪漫的女生。可是……

放学的时候,达芙妮搂着我的肩膀问:"亲爱的Adidas,你难道是个特立独行的人吗?"

"你说呢?"

"不是啊,你很大众化。可你为什么不买双靴子穿呢?"

"皮靴很贵的。"

"不是啦。"达芙妮说,"我这双牛皮雪地靴是贵一点,但是有很多靴子是很便宜的。比如校花的那双马丁靴就不贵,几十块而已,比你的运动鞋还便宜。"

"是吗?"我说,"几十块就不是钱啦?"

达芙妮哑了。

隔了好一会儿她问:"你家最近闹经济危机?"

"谁说的?"

"那你怎么舍不得买靴子？"

"就算是吧。"我吁出一口气。

晚饭后我刚想回房写作业，电话铃响了，找我的。

"Adidas，你知道我有几双靴子吗？"

是达芙妮。

"你可不可以不要再跟我讨论靴子的事情？白天讨论，晚上又讨论，我现在满脑子都是靴子。"我不耐烦了。

"不要生我气嘛，生气容易早熟哦。我再问你一遍，究竟是我的雪地靴好看，还是校花的马丁靴好看？"

我毫不犹豫地挂了电话。

没得救了，达芙妮，爱靴子爱得走火入魔了。

第二天我进教室的时候，在校门口遇见安踏。

"嘿，我的前座。"那家伙算是跟我打招呼。

"嗨。"我回道。

"昨天对不起了。"他居然说。

"昨天你对不起我吗？"我说，"我不记得。"

"其实你真该有一双靴子。"安踏说。

又是靴子。

达芙妮在教室门口拦住我："Adidas，你先别进教室，花老师办公室有请。"

花老师请我？赶这么早。

我不明不白地走进花老师的办公室。

花老师坐在办公桌前翻书看。见我，立即招手："来来来，为师要检查你背古文背得是否认真。"

我感到奇怪。背书这种小事情，什么时候用得着老师为我操心？

"就背《郑人置履》吧。"花老师和颜悦色地说。

"好的。"我挺起胸膛流利地背起来,"郑人有且置履者,先自度其足,而置之其坐。至之市,而忘操之。已得履,乃曰:'吾忘持度。'反归取之。及反,市罢,遂不得履。"

"棒极了!"花老师夸张地点头,"奖履一双。"

她从桌子底下搬出一个粉红的盒子,打开——多么浪漫的白色马丁靴!

"哇! 这不是履,是靴子耶!"我惊叫。

"靴子不是鞋子吗?"花老师大笑。

瞧我,话都不会说了。

"喜欢吧?"

我觉得不可思议:"背一段古文就可以得到一双马丁靴?"

"是啊是啊。"花老师孩子一般用力点头,"快穿上试试啊。"

我冷静下来:"不试了。谢谢您的良苦用心。"

"不是我,是大家。"

"Adidas……"达芙妮、米奇和安踏从外面一起涌进来。

我明白了。

"其实你很喜欢靴子对不对?"达芙妮拥住我,"我注意到你看校花马丁靴的时候,眼神里充满羡慕呢。"

"只是你家最近经济困难,所以你要节约。"米奇说。

"但是作为一个女生,你应该拥有一双自己的靴子。"安踏说。

"一双浪漫的马丁靴。"花老师说。

好温馨好浪漫的场面。

我把粉红的盒子抱在怀里,鼻子一阵发酸。其实我不买靴子穿不是因为经济困难,而是因为我的小腿太粗太粗了,我喜欢的马丁靴根本套不上去,我妈陪我试了好几家店都不行……

我们说好的

我们说好的，永远不分开。

这就是二中的教室吗？看上去比九中的教室大一点，亮堂一点，气派一点。

我站在门口欣喜地往里探了探脑袋，一时不敢进去。都是些陌生的同学，他们能接受我这个转学生吗？我能跟他们愉快相处吗？

"嗨，新同学吧？怎么不进去？"

我侧过脸，和一个额头光洁的好看女生四目相对。她正对我微笑，那眼睛清澈明亮，仿佛被雪擦过似的。

突然一股力量重重地将我推进去，我在毫无准备的情况下一个趔趄跌倒在讲台前。还好没大碍，我揉着胳膊站起来，瞥见一个家伙站在一边对我傻笑："呵呵，新来的？刚刚后面有人追我。"

“石磊，你是故意的吧？向她道歉。”好看女生对那个家伙说。

“我怎么会是故意的呢?”叫石磊的男生眯缝着小眼睛嚷嚷，“她没有受伤，用得着我道歉吗？她要是摔断了骨头，我不但马上道歉，而且会叫我老爸承担所有的医药费。”

太嚣张了！

“不管她摔得怎么样，你都得向她道歉。”好看女生坚持道，“是你撞了她！你要讲道理！”

“狗拿耗子。”石磊说着，甩甩胳膊朝座位走去。

这时教室里的同学先望望我，又将目光转向好看女生，看她如何收场。

“不像话。”好看女生快步跟上石磊，从后面把那家伙挂在肩头的书包猛地扯下来，藏在身后。

“你抢我书包干什么？我的mp4和purse都在里面呢，你打劫呀？”

“你要是不向她道歉，我就不还你书包。”

“你敢？”

“我就敢！”

石磊看看四周同学们的目光，嘴巴一歪，向我探出身体：“喂，刚才不小心碰到了你，对不起哦。”

好看女生见他乖乖向我道歉，便把书包还给了他。

我站在讲台边不知该说什么，也不敢抬眼找寻哪儿有空座位。

好看女生笑吟吟地走过来，拉住我的胳膊：“老师说今天会转来一个新同学，没想到你这么漂亮。”

她的夸奖让我更不自在了。

　　她拉住我的手，一直把我带到第二组最中间的座位："你坐这儿，我们做同桌吧。"

　　"谢谢你。"我心里暖融融的，好像在陌生他乡遇到了故友，又仿佛在迷路的黑夜找到了一盏引路的灯。

　　"不用客气。我叫宋颖，宋慧乔的宋，张靓颖的颖。你呢？"

　　"我叫刘靓，刘亦菲的刘，张靓颖的靓。"我尽量学着她的样子说。

　　"My god！你也喜欢张靓颖？"宋颖高兴地拍起手来，"你最喜欢她哪首歌？会唱《我们说好的》吗？哦，那旋律太美妙了！"

　　我笑笑："我不会唱，只会听。"

　　"我会唱！张靓颖的每首歌我都能哼几句，我唱给你听。不过教室里不太方便，放学我们一起走，我给你唱，让你听个够。"她快活地眨着眼睛，像是找到了寻觅已久的知己，"刘靓同学，我们将一起走过初中的幸福时光，说不定还会升入同一所高中哦。"

　　"是啊。"我说。

　　其实我并不喜欢张靓颖的歌，我对歌星感觉都一般。不过我不忍心告诉宋颖这些，她是那么热情和仗义。相比之下，我显得非常安静和柔弱。

　　可能是因为性格上的互补，我们在一起很开心。闲暇时候，她总是滔滔不绝地讲，天南地北、古今中外，只要是她知道的，什么都讲给我听；她也总是喋喋不休地唱，《我们说好的》、《画心》、《G大调的悲伤》……一首接一首，乐在其中。我沉浸在她眉飞色舞的快乐里，幸福地憧憬着我可以拥有一段多么

浪漫温馨的初中时光。

最重要的是,因为有她的陪伴和保护,我初来乍到却没有受到一点儿欺负;有她的指点和帮助,我很快熟悉了二中的一切,顺利融入了班集体。

中秋节快到了。

担任文艺委员的宋颖提出全班组织一次联欢,她的想法得到了多数人的赞同。于是,由她策划、编排的一台文艺节目敲定在节日前一天隆重上演。

我以为没我什么事。事实上,从小到大,班上排节目、搞联欢,都不跟我沾边。我是个远离娱乐的人,一个习惯淹没在人海里总是被人遗忘的人。

但是有个中午,宋颖掏出 mp4 把耳机塞进我耳朵,是张靓颖的《光芒》。

"听听这首歌,你喜欢吗?"

"喜欢。"我说。

"我觉得这首歌特别适合你唱。"宋颖说,"联欢会上你就唱它吧。"

我一个劲儿摇头:"不行不行我不行,我什么歌都唱不好。"

"说你行,你就行,不行也行!"宋颖郑重其事地说,"你非唱不可。"

"可是,我平常站起来发言都紧张,跑到讲台前板书腿就发软,你叫我当众唱歌,我会晕过去的。"

"有我在,你肯定没事。"宋颖搂住我的脖子,"好歹你也支持我一回啊,这台节目我可是总导演,总导演邀请你上节目,你别不给面子嘛。"

"可是……"

"你要是再说一个'可是',我就'啊呜'一口吃掉你。"宋颖堵住我的嘴,晃着肩膀说。

我只能豁出去了。

为了让我演绎好这首歌,宋颖每天都陪我练习,一句句,一字字,不厌其烦。我感受着她巨大的热情,也幸福地享受着歌唱的过程。原来放开歌喉高唱,竟是一种开阔和舒坦的感觉。

联欢会如期举行。

宋颖除了是跑前跑后的幕后策划兼现场导演,还是顶梁的演员。不过她选择的节目并不是张靓颖的歌,非常意外,她抱来一把古筝,为老师和同学们表演了一曲《渔舟唱晚》。看她纤细的手指在琴弦上轻巧地翻飞和拨弄,手臂优雅地落下又抬起,我惊得张大嘴巴。我简直不敢相信,这样一个大大咧咧,天不怕地不怕的女生,竟能弹奏出如此细腻委婉深情的曲子。

她的表演折服了所有的听众。

轮到我上台了。宋颖站在一旁用含笑的眸子为我加油,我挺起了胸膛,想象着自己置身于广袤的原野,对着远处尽情高歌:"……渺小的我只要歌唱就能看到光芒,风雨中玫瑰只要扎根在土壤总能够绽放……"

掌声热烈地响起来。我头一次真切品尝到了被关注被赞美的欣喜和骄傲。

那天放学后,我们和往常一样把单车搁在路边的花坛旁,坐在草坪上聊天。

"刘靓,祝贺你演出成功。"宋颖说。

"那是因为有了你的鼓励和帮助,谢谢你啦。"我说,"同时也要祝贺你演出成功。你真是一个奇才,除了唱歌、弹奏古筝,你究竟还会什么?"

"我无所不能啊。"她俏皮地说。

"我要是你就好了。"我情不自禁地羡慕她。她的外表、才华和人缘,都是无可挑剔的。

宋颖挽住我的胳膊:"刘靓小姐,如果你羡慕我,就和我一样活泼一点、胆大一点,有的时候甚至要放肆一点。那样的话,你一定会比现在更开心。"

"我现在很开心啊,因为有你的陪伴。"我说,"可是我们总有一天会分开的。天下没有不散的筵席。"

"那个简单,我们说好不分开不就行了?"宋颖一脸认真劲儿,"我们考同一所高中和大学,进同一个单位工作,永远不分开。"

"嗯。"我重重地点头。

我们畅想进入哪一所高中和哪一所大学,将来从事什么职业。

温暖的夕阳和相偎的单车可以作证,我们说好的,永远不分开。

第二天早上,我进了教室却没见到宋颖。这让我心里不安起来,因为她每次都比我早到。

我跑去找班主任。他告诉我,宋颖病了,家长打电话帮她请了假。

"怎么会病了呢? 她身体挺好的。"我很担心,"她究竟是哪儿不舒服?"

"家长没说是什么病。"班主任说,"估计没什么大问题吧。"

身边的座位空着,我的心也随之空荡起来,上课、写作业都不能全神贯注。

转学以来,我第一次感到了寂寞和无助。

放学后,我一个人骑车回家,迫不及待往她家打电话。可是我打了不下二十遍,都没人接听。我猜想她一定去了医院,于是默默祈祷她快一点好起来。

这样过了三天,终于有宋颖的消息了。

那天上午我们正在上英语课,班主任急急忙忙跑进来,打断英语老师的讲课,招呼我:"刘靓,你出来一下。"

我出去了。他在前面走,我在后面跟。他的步子越来越快,我跟着加快步子,心里"咚咚"地敲起鼓来,预感到发生了什么严重的事情。

"老师,什么……什么事啊?"我忐忑地问。

"上了车再说。"他头也不回。

我莫名其妙地跟着班主任上了校门口的一辆小汽车,看见车上副驾驶座位上坐着副校长。

关门的同时,车飞出去了。

"刘靓,你的同桌宋颖,现在想见你。"班主任的喉咙哽咽了,"她,她家长刚刚打电话来,说她狂犬病发作,可能挨不过今天……"

我的脑袋"轰"地炸开了,无法思考,更无法言语。

"狂犬病发作,一般是无药可救的。"副校长难过地说,"你是教室里挨她最近的同学,去送送她吧。"

下了车,进了医院,我像疯子一样乱窜,到处寻找宋颖。大人们把我领到重症病房外。

隔着厚厚的玻璃,我看见了宋颖。

她还是宋颖吗?三天不见,她仿佛换了一个人:头发剪短了,脸瘦了,眼睛里没有了光泽。她孤独地躺在白色的床单上,嘴角流淌着白色的泡沫,目光呆滞,仿佛垂死的老人。

"听说,前两天怕她伤害自己和伤害别人,医生把她手和脚都绑起来了。现在她已经过了兴奋期,安静下来了。"班主任说。

我说:"我可以进去吗?"

"不可以。"班主任说,"她的家人都在外面。"

是的。她的亲人们也都趴在玻璃窗上望着她,痛不欲生。

"你就是刘靓?宋颖早上一直在呼唤你的名字。"阿姨拉住我的手,"我可怜的女儿,她一定是想见你。你看看她吧。"

"孩子,你念叨的人来看你了。"叔叔隔着玻璃大声对宋颖说。

我不知道宋颖在里面有没有听见我们说话,可她的眼睛分明朝窗边看过来。

"宋颖!"我的双手紧紧趴在玻璃上,泪水终于滚落下来,"我是刘靓,刘亦菲的刘,张靓颖的靓,我来看你了!"

她仿佛是在打嗝,又仿佛想要呕吐,脑袋上下颠晃着,白色的泡沫一浪一浪从嘴巴里溢出来。她那曾经被雪擦得极亮的眼睛,混沌地望着这边,望着我,并没有因为见到我而有所反应。

"她的神经已经麻木了。"一旁的医生说。

"不,不会麻木!"我站在那儿大喊大叫,"宋颖,你是多么聪明活泼的人,怎么会麻木?你会好起来的!我们说好的,一起读高中,一起上大学,一起工作,永远不分开……"

可是,无论我如何地挽留,她还是悄无声息地走了。护士把她的嘴角擦得干干净净,然后很小心地用白色的床单遮没她那张曾经美丽而生动的脸。

我轻轻地靠近她白色的身体,想象她是去了另外一个美丽新世界。在那儿,有一群善良可爱的女生愿意和她交朋友,愿意和我一样托着下巴听她说话和唱歌。

宋颖,你走了,但我们的约定不会改变。我会带着你留给我的勇气和希望,走进我们共同心仪的高中和大学,哪怕历风经雨,我也要扎根土壤,长成一株热烈绽放的玫瑰。因为,我们说好的。

隔壁班的
那棵葱

隔壁班的那棵葱?
嘿,夏聪聪。

打死我也想不到,我会和明秀做同桌。我只能挨到她下巴上,体重更是只有她的二分之一。更何况,明秀是个女生。从小到大,我最害怕跟女生做同桌。她们是天底下最奇怪最捉摸不透的生物,有着吃人的天性,时不时令我毛骨悚然。

我小学一年级的同桌就是个女生。有一次下大雨,她跑出教室上了趟厕所,回来靴子湿了,偏要我跟她换鞋子。结果同学们看到我穿着女生的红色流苏靴都笑得死去活来。

四年级的下学期,我的同桌也是个女生。她看上去文文静静,也从不摆出要爬到我头上的架势。不幸的是她有洁癖,不允许我课桌里外出现脏乱差的情况,更容不得我身上有任何异味,就连我几天剪一次指甲她都严格规定着。我做她同桌做得很辛苦，每天洗脖子洗脚，每天换袜子，还强迫自己涂抹润肤露，烦得要命。

比较好的是到了六年级，在离毕业只有一个多月的时候，我被安排和夏聪聪做同桌。夏聪聪虽然是个女生，却比男生还要大大咧咧。和她做同桌比和男生做同桌还要舒坦自在。我可以随时大声说话或者小声发牢骚，可以把用过的纸巾塞到她桌肚里，可以当着她的面挖鼻孔抠耳朵，哪怕用脏兮兮的手指甲剥一颗花生米，她都会乐呵呵地用嘴来接。

现在我初二了，随着年岁的增长，我算是彻底明白了：同桌好不好，直接决定着你快乐不快乐，这跟将来长大娶媳妇是一回事。

同桌这个角色太重要了。

可是眼下，我的小日子难熬啦——明秀这个女生厉害得赛过扈三娘。人长得高大结实，嗓门比腰身还粗，眼光比刀片还凶，就连呼吸起来都"哼哧哼哧"气势不凡。她上课爱吃零食，旁若无人，自得其乐，却从不分给我一丁点儿。最受不了的是她打喷嚏，每次都对着我打，山崩地裂，我的脑袋都快被震碎了。我说她一句，她就叽里呱啦啰嗦个没完。唉……我坐在她身边，如同一棵小小的狗尾巴草依偎在一座大山下，渺小得可怜，没有一点儿地位。

我们的座位被安排在第一组第五排，靠近窗户和教室外的走廊。明秀庞大的身躯紧挨着窗户，把整面窗都遮住了，我紧挨着明秀。每当我想要看一下窗外的景致，或者关心一下走廊里过去的是什么人，都要斜着身子后倾到腰间发酸发僵，才能勉强看到一点点。因为明秀实在是太巨大了，我的视线

怎么也跃不过她的身体。

郁闷的日子持续了两个礼拜,我感觉要崩溃了,带着仅有的一点儿勇气跑去找李广。他是我们的班主任。

"我想换座位。"我直截了当提出请求。

"为什么?"李广望着我,面无表情。像是我天生就该跟明秀做同桌似的。

我抬起下巴:"座位太靠后,我看不见黑板。"

"李家傲,你多高?"

"170厘米。"

"这不就对了? 你前面的四排同学都比你矮。你怎么会看不到黑板?"

"可是班上比我高的男生多了去,他们跟明秀做同桌才合适,为什么选我?"我感到气愤,"我就是不喜欢她坐我边上。"

李广突然笑了:"可是……明秀选择了你,她说你最好相处。"

这就是理由? 我的天! 真是柿子挑软的捏。我李家傲为人一向谦虚随和,小事不计较,大事更不计较,混得个好人缘。没想到老虎不发威,还当我是病猫,真是因福招祸。

我不服气。选了一个风和日丽的午后,我把明秀约到教学楼下的蘑菇亭里,讨好地塞给她一包她最爱的巧克力豆(每一颗都长得跟她一样饱满)。

"求你了,"我说,"我们还是做普通同学吧。"

明秀"哗"地撕开包装袋,抓了几颗巧克力豆丢进嘴巴:"说什么呢李家傲? 我们本来就是普通同学。我告诉你哦,男生女生互相喜欢的事情,我可没兴趣。"

我感到又好气又好笑:"你想哪儿去了? 就你? 我……我

的意思是,咱们别做同桌了,行不行?"

"不做同桌?"她抬眼看看我,叽嘎叽嘎嚼着巧克力豆,"你不想跟我坐一起?"

"是的,"我的声音发自肺腑,"和你做同桌,我感到压力很大,没有快乐。"

明秀想了想,眯起找不到眼睫毛的小眼睛:"可是,我很快乐。"

说完她站起身,大摇大摆回教室去了。

看着她肥胖的身体粽子似的爬上二楼,我摸摸脑门,一阵眩晕。天底下怎么有这么厚脸皮的女生?

我想到了夏聪聪。我没有机会再像小学六年级一样跟她做同桌了,但是,她离我不远,就在隔壁班。我们总是会遇见,在早晨,在午后,在课间,在放学后,在回家的路上……有时我们会凑在一起聊天,对数学题答案,或者说说小学里那点事。她很关心我,常常想方设法帮助我改掉坏毛病,而且有时这种帮助是她背着我秘密进行的,令我感动。不过,她也许还不知道,我最近被迫有了一个彪悍强势得令我窒息的女同桌。

我决定向夏聪聪讨教。

"你知道吗?"我的语气可怜兮兮,"我现在和明秀做同桌,真难受。"

"明秀?噢……"夏聪聪咂咂嘴,"可是,她长得那么巨大,怎么会跟你坐一桌?"

"她非要跟我坐,求她都不行。你帮我想想办法,看怎么样才能解除我的痛苦。"我强调,"这事儿非常重要。"

夏聪聪轻松一笑:"李家傲,你这挑同桌的毛病怎么还没改?跟谁坐一起都无所谓,管好自己就行了嘛。"

她说话的口气俨然得了李广的真传。

我严肃认真地告诉她:“我现在每天都生活在水深火热之中。你别废话,赶紧帮我出出主意。”

夏聪聪眉毛一抬:“真要帮你忙的话,也挺简单。她不是喜欢跟你坐吗?你想方设法让她讨厌你,只要她讨厌你,就不愿意坐你身边了。”

“对呀,”我像个混沌的和尚突然被点化了,“这个容易。”

“嗯,你可以每天早上生吃一颗大蒜子,把嘴巴弄得臭臭的,看她受不受得了。”夏聪聪的脑筋真好使。

我激动不已,第二天就开始行动。

每天早晨出门前,嘴巴里含一颗生大蒜子,到了教室里,对着明秀咂巴咂巴嚼。虽然挺辣挺难受的,但为了熏走她,我豁出去了。

我期待着她胖嘴一噘,眉毛一横,做出讨厌我的表情,然后啰啰嗦嗦骂我,最后一甩胳膊去求李广换座位。

然而,一个星期下来,我把自己弄得鼻腔里、脑门里全是辛辣的大蒜味,明秀非但不嫌弃我嘴巴臭,还说大蒜味儿很给力,可不可以多带几颗让她也嚼嚼。

我的天!

这招失败了。

她不怕异味,那会怕什么呢?我寻思着,再找夏聪聪商量。

“那你就搞恶作剧,”她果断地建议,“带有攻击性的恶作剧。”

“恶作剧?”我感到难度特别大,“这个我没学过,不会啊。你教教我。”

　　夏聪聪嘎嘎笑起来,嘴巴凑近我耳根,说了好几种恶搞明秀的办法。

　　我如获至宝,颠着屁股去教室开工。

　　星期三,我写了一张字条贴在明秀辫子上:山上的狗尾巴草。嘿嘿,她那么庞大,梳那么小的一条辫子,像极了山上一棵狗尾巴草。没想到明秀不但不生气,还把纸条还给我,说反面可以打数学草稿,别浪费。

　　星期四,我用墨水泼花了她的英语试卷,害她挨了老师的批。她把我的英语试卷夺过去用。

　　星期五,我用剪刀剪豁她的肥大衣袖(豁口长达三厘米),

她还是不生气,说这件衣服早就过时了,找不到淘汰的理由,谢谢我帮她找到理由。

我的天!

我几乎要偃旗息鼓了。就在星期五放学后,明秀说要跟我聊聊。

我们并排走在回家的路上(这让我很不好意思面对路人的目光)。

"我知道,这些馊主意是她出的。"明秀得意地说。

"什么馊主意,你说谁呀?"我装傻。

明秀转过来看我:"就是隔壁班的那棵葱。"

"啊?"我这回真的傻了。她居然给夏聪聪取了个这么不中听的外号。

"我知道你找她讨主意,嘿嘿,笑死我了。"明秀笑起来浑身的肉都在抖,让我觉得在地震,"告诉你李家傲,你越是不想跟我做同桌,我越想跟你做同桌。我是不会跟你说拜拜的。"

这么嚣张!

行了,不跟她斗了,凑合着过吧,顶多挨到期末,最不济挨到初中毕业。反正她不会跟我一辈子的。

这么想着,心情也就慢慢放松了。

但空下来的时候,望着身旁庞大的身躯,我还是会贪心地想:要是换个同桌,哪怕还是个女生,哪怕叫我穿一下女生靴子,哪怕我必须很爱干净每天擦脖子洗脚,那该多好……

这样的念头一直持续到初三。

初三,我还是跟明秀做同桌,她不肯放过我。我已经变得无所谓。咳,跟谁不是坐?再说,也习惯了。我把心思全部放在学习上,和明秀一起拼命向前冲……

毕业的那天，明秀告诉我一个秘密。她说，事情的真相是，她并没有我想象得那么厚脸皮，是隔壁班的那棵葱请她这么做的，为的是治治我挑同桌的坏毛病，让我变得更能适应各种各样的人际环境……

隔壁班的那棵葱？嘿，夏聪聪。

回家

"还记得你说家
是唯一的城堡。"

秒针慢吞吞地向前划,已经 29 圈了。

"考虑清楚了没有?"米老师问,"下次语文课还做不做小动作?"

我不吱声儿。

"哐当"一声,米老师把兵器盒放到我面前的桌子上:"这次就算了,下不为例。"

这个兵器盒可是帅弟的宝贝,里面排了十八种兵器,刀、枪、剑、戟、斧……应有尽有。虽然每种兵器都只比牙签大一点点,但都有模有样,十分精致,握在手上沉沉的,有一种英雄感。

这么好的兵器,当然是定做的。我没有。

我把兵器盒抓在手里,头也不抬地溜了。

挎着两只书包的帅弟,伸着脖子张开双臂在

楼梯口把我迎住。

"没事儿吧？酷哥。"

"没事儿。"我把兵器盒扔给他，"米老师请我喝了半个小时的茶，真是的，那么客气，想早点儿出来都不好意思。"

"呵呵，酷哥真有面子。"帅弟搂住我的胳膊，"今天咱们还玩儿海底冒险吗？要不试试校园魔法师？"

"今天不打游戏。"我说。

"不打游戏做什么?"帅弟傻了。

他已经习惯跟着我放纵。

自从商厦二楼开了游戏厅，我们没有哪天不去捧场，只要我爸我妈不在家。

"今天我们去 K 歌。"我说。

天呐！我居然想 K 歌。

"是个好主意。"帅弟说，"可是 K 歌馆禁止未成年人进入。"

我摸了一把帅弟滑溜的脑袋，朝自己翘起大拇指："瞧你哥这个头，像是未成年人吗?"

"像。"帅弟眨巴眼说，"你现在就是长到姚明的个儿，也还是未成年人。"

"啊?"

"你脸上写着呢。"他说。

我摸摸下巴叹口气："什么时候我才能有一张长大的脸?"

我不死心，拽着帅弟去商厦三楼 K 歌馆门口转悠。

"你们干什么？这儿是 K 歌馆，游戏厅在二楼。"门口系着黑领结的小哥哥这么跟我们说。

"我们想 K 歌。"帅弟说。

他们笑得捧肚皮。

"你说得没错。"我给了帅弟一小拳,"我脸上写着呢。"

"嘿嘿,咱们还是去二楼吧,晚了好位置都被人占了。"

"我今天就要 K 歌。这儿不让 K,我上别处 K!"

我竟然说自己的家是"别处"。

从什么时候开始,家对我来说越来越陌生了呢?

我带帅弟回家的时候,瞥见西天的太阳红成了一只鸭蛋黄。

"帅弟,你身上有多少钱?"

帅弟把裤子口袋翻出来,把钱掏在花坛边沿上,排好,仔细地数。

"16 块 5 毛。"

"去给我买个礼物。"我说。

帅弟抓抓头皮。

"去呀。"我说,"我帮你讨回了兵器盒,你总该意思意思吧?"

"要不是你上课玩儿兵器,兵器盒会被米老师收去吗?"

"你买不买?"

"当然买咯。"

帅弟做个鬼脸乖乖地拐进街边一家小店。

我仰望着那只鸭蛋黄,看它一点一点往一座大厦后面沉,像是有谁在下面扯它似的。

"又一天过去了。"我感慨道。

"又一天过去了。"帅弟把一副太阳镜递给我,"当明天太阳升起的时候,你就不会觉得扎眼了。"

"我从来没觉得太阳扎眼。"我说,"我希望它不要落下。"

是的,我希望。

"那怎么行?"

"呵,谁让你选棕色? 我不喜欢棕色。"我看着廉价的太阳镜咕哝。

"那你喜欢什么颜色?"

"我喜欢什么颜色?"我忽然想不起来,"算了,这也挺好。"

到了家,我们把书包摔在鞋柜上,拉开窗帘,打开音响,操起话筒,哼哼哈哈地 K 歌。

……

我不想我不想不想回家

回家后世界就没童话

我不想我不想不想回家

我宁愿永远都在外面

我不想我不想不想回家

回家后我就会没意思

我深爱的家深爱我的家

怎么会变成这个样

……

我们站在椅子上唱,倒在沙发里唱,趴在地板上唱,昏天黑地,酣畅淋漓。

静下来的时候,天有些黑了。

帅弟把灯打开。

我说:"关了。"

帅弟于是把灯关了。

"酷哥,我饿了,你饿了吗?"

我窝在沙发里,感觉不到肚子饿,只感觉胸腔里空荡荡的。

"你怎么啦?"

"没事儿。"

"要不,我先回家了。"

"别。我请你吃晚饭。"

我把窗帘拉上,把灯全部打开,从厨房的柜子里拿出方便面,拧开水龙头,用热水瓶里的烫水,将就着冲上,盖上盖儿。

"你一碗,我一碗。"我把面端给帅弟。

"就没点儿别的?"帅弟朝厨房张望。

我托着腮帮子装聋作哑。

"你爸你妈都出差了,你就吃这个? 他们经常出差,你就经常吃这个? 吃这个也能长这么高? 那我……"

"啰嗦什么? 开吃吧。"

我把面条吸得"滋溜"响,感觉每"滋溜"一声,喉咙就哽咽一下。

帅弟学我的样子,"滋溜""滋溜"地吃。

吃了一会儿他抹抹嘴:"我真得回家了。我妈等我吃晚饭,说不定还做了我爱吃的糖醋排骨。"

"我们再唱一个吧。"我说。

《生日快乐》的旋律悠然升起。

帅弟傻了一会儿问:"你生日? 酷哥你今天生日? 你怎么不早说? 过生日连个蛋糕都没有,太寒酸了……"

我的鼻子一阵阵发酸,抓起话筒就吼:"祝你生日快乐……"

帅弟跟着我卖力地唱:"祝你生日快乐……"

没有唱完,我的眼泪终于想要流出来。

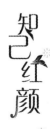

"你走吧。"我对帅弟说,"别让你妈等急了。"

帅弟僵在那儿不走。

"家里的人多盼望外边的人回家。"我说,"听见没?回家。"

帅弟拎着书包出去后,我瞥见兵器盒留在了鞋柜上。

我有点小小的感动。

关了音响,周围一点点变冷。

我的眼泪终于放肆起来。

叫我怎么不伤心?两个人都跑去出差,把我扔下不说,连过生日都没有一个电话,更不要说是蛋糕和礼物了。

以前可不是这样的。

我小的时候,爸爸出差,妈妈就不出差;妈妈出差,爸爸就留在家里。我每天可以吃到从自家厨房里端出来的晚餐,每天有温暖的掌心抚过我的后脑勺,每天有动听的故事伴我入睡。

可是,等我长到 14 岁,一切都变了。

他们说,你长大了,给你钱,你可以照顾自己。

他们每次出差,都给我很多钱。可是,钱怎么能替代他们对我的关心?钱只是钱,跟爱无关。

他们说,你是男生,给你自由的时间和空间,你可以把自己锻炼成一块钢。

可是我没有做一块钢的勇气。

我由着自己上课做小动作,由着自己去打游戏,由着自己买垃圾食品撑破肚皮。

我每天昏昏沉沉地上课下课,兴高采烈地玩游戏,混混沌沌地回家。回到家,只觉得不过是一具身体到了家,而我的思想、我的灵魂,离家越来越遥远。

什么时候我才能长大,才能不由着自己的性子,才能不说言不由衷的话,才能不做会后悔的事,才能把自己召唤回家。

电话铃打断我的思绪。

我走过去,看见是妈妈的手机号。

"儿子你终于接电话了。我打了好几次都没人接,你上哪儿去了?"

"没……"

"生日快乐!送蛋糕的服务生给我打电话,说在咱们家门口摁了半天门铃都没动静。"

"啊……"

"妈妈明天天黑之前回家。后天是星期六,我们去爬山。"

"哦……"

搁下电话,我在座机上查到6个未接电话,3个爸爸的,3个妈妈的。

那时候我和帅弟正在K歌,吵得没听见。没听见电话,没听见门铃。什么都没听见。

门铃响了,染着栗色头发的小哥哥微笑着送给我蛋糕。

我把盒子打开,燃上生日的烛火。

"酷哥,你长大了,你是男生。"我唱起来,"……还记得你说家是唯一的城堡/随着稻香河流继续奔跑/微微笑小时候的梦我知道/不要哭让萤火虫带着你逃跑/乡间的歌谣永远的依靠/回家吧回到最初的美好……"

我用歌声打动你

总有一天我要用歌声打动你们。

早早站在讲台旁边，握着英语书做的话筒放声歌唱的时候，教室里安静极了，就连最调皮的叶贝勒都坐得笔挺，不惹出一点儿动静。最最了不得的是，漂亮的左老师还摇头晃脑地为早早打节拍。

可是轮到我上去唱，就没有那么风光了，左老师眉头皱起来，叶贝勒用直尺敲桌子，教室里尖叫声不断。

坐在第一排的男生居然朝我嚷嚷："快下来快下来，你的破嗓子简直令人难以忍受！"

可惜呀，那么好听的《雪绒花》，本来想中英文各唱一遍的，结果一遍中文都没唱到头，就被大家轰下台去。

我下台以后，没有坐到椅子里，而是站在座位前，噘着嘴巴朝所有起哄的人瞪眼睛。

但是他们都不在乎我是不是朝他们瞪眼睛，他们的注意力都被向晓丽吸引住了，因为向晓丽正站在讲台前装腔作势地表演一个小魔术。

"郑依依，你快坐下呀！都被你挡住啦！"后面有同学拉我衣服。

我不情不愿地坐下。

班会课的"我展我才艺"环节已经连续进行了七周，深受大家喜爱。每周班会课，左老师都会按学号请 3 位同学上去展示自己的才艺。这次是早早、我和向晓丽。

我夹在小歌唱家早早和小魔术天才向晓丽中间，脸丢大了。

整个一堂班会课，我都打不起一点儿精神。向晓丽是怎么下来的，左老师都说了些什么，我全都没听见。我在草稿纸上画呀画呀，画了一支有着弯弯尾线的话筒，从话筒里飞出来的音符有着各自优美的姿势，弥散到周围的空气里，引得云朵都一不小心从天上落下来，歇在半空中聆听。而握着话筒的那只手呀，正是我郑依依的纤纤玉手。

我本来还想在话筒周围点缀几只被歌声迷醉了的鸟儿，结果一个声音打断了我。

"郑依依，你在做什么？"

粗声粗气对我说话的并不是左老师，这会儿左老师正站在讲台前，饶有滋味地讲述着本周班里涌现出的好人好事。

管闲事的是我同桌郑多多。他是我妈妈的另外一个孩子。

"画画啊。明知故问。"我没给他好脸色。

"嘿,当不成歌星改当画家啦?"他把脑袋凑过来想要看我的画。

我连忙把画折起来,收进桌肚。

"女孩子应该把歌练好,不然多不像女孩子啊!"郑多多说了句吓死人的话,"放学后我带你去唱歌,保证让你过瘾!"

我撇撇嘴不去理会,权当那是他的梦话。

早在妈妈子宫里的时候,我就彻彻底底认识他了,他除了会打击我还是会打击我,根本没有一点儿当哥哥的样儿。我宁可相信公鸡会下蛋,也不要相信他会带我去唱歌。

挨到班会课下课,左老师宣布放学,教室里沸腾起来。周末总是热闹非凡的,拼吃的拼吃,打球的打球,就连坐在操场上发呆的都有三五个死党陪同。

郑多多朝我甩甩头:"走啦,哥哥带你去唱歌。"

"你不是讨厌我唱歌的吗?"我提着书包只顾往教室外走,"这几天我在家里练唱《雪绒花》,每次你都戴上大大的耳机,别以为我不知道。"

"先别说这些,你跟我走就是了。"郑多多朝我嘿嘿笑,笑得有点儿诡异。

他究竟要玩什么? 我有点儿好奇了,也有点儿动摇了,所以就有点儿想跟他走了。

当我的脚步跟着他走了一小段路,身体里有个声音冒出来提醒我:"傻瓜,从 0 岁到 11 岁,你上了这个家伙多少次当? 怎么还听他的?"

正当我犹豫的时候,身体里又跑出另外一个声音:"哎呀!他好歹是你亲哥哥,不会害你哦,跟他去看看吧,说不定有个惊喜。"

好奇心战胜了一切。

我跟着郑多多沿着街道一直往前走。

很快,他把我带进了一家玩具店。

玩具店只有半间教室那么大,三面墙上,从地面到屋顶的货架上密密麻麻码放着各种颜色各种形状的毛绒玩具,看起来非常壮观。但是长这么大,我还没有得到过这家玩具店的玩具,因为所有的人都说,这里的老板很黑心,这里的玩具比商业大厦的玩具贵很多。

"郑多多,你带我来这儿干吗?你买得起这儿的玩具送给我?"我的视线在那些可爱的玩具宝贝上一一掠过,心里贪婪地说,要是我有足够的钱,你们一个也逃不掉,统统跟着我回家。

"我没有钱送你玩具,"郑多多嘻哈着脸,"但是如果你愿意在这儿用心地为玩具们唱一首歌,店主叔叔会送你一个玩具。"

我兴奋起来:"真的假的?唱一首歌就能得到一个玩具?"

"没那么容易,"没等郑多多开口,玩着手机游戏的店主叔叔从一只玩具长臂猿后面探出脑袋,"你们看到的这些,都是目前市场上最先进的声控毛绒玩具,它们跟以前的声控玩具完全不同。以前的声控玩具,不论听到什么声音,反应都是一样的,不是唱歌就是乱叫。而我的这些声控玩具,会随着周围声音的变化而改变它们的表情和动作。"

店主叔叔的说法让我觉得有趣。

"所以,如果你想顺利带走一个绒毛玩具,必须为它唱一支优美的歌。只要听到优美的歌声,它们的眼睛就会眯起来,整个身体会呈现柔和透明的亮光。但如果听到的是噪音，它们会瞪大眼睛发出哭声来抗议。"店主叔叔从货架上随手拿起一只粉红兔子，对着它"嗷嗷"叫两下，粉红兔子马上把红眼睛睁得溜圆，身体里发出哭声，还伴随着"难听死了""我不要听"的抗议。

太好玩了！

"你的意思是，只要我的歌声优美动听，能够打动一只绒毛玩具，那只玩具就归我了？"我激动不已。

"是的。"店主叔叔非常慷慨，"不需要花一分钱。"

"可这是为什么呢？"我感到不可思议，"你会赔钱的！"

他耸耸肩膀："事实上我赚多赔少。因为如果你的歌声不够优美，惹哭了我的绒毛玩具，你必须花钱将它买走。"

"喔！"我吓得不轻。

这个游戏玩不起！我火速拉着郑多多逃离玩具店。

"干吗呀？你不试试？"郑多多拦住我一本正经地说，"说不定绒毛玩具就喜欢你那破嗓门……"

我从肩膀上卸下书包朝他砸去……

瞧，他又一次戏弄我啦！我哪有本事用歌声打动那些绒毛玩具？到时候玩具宝贝们都被我吓哭了，我哪儿找那么多钱把它们买下来？老爸老妈非揍我一顿不可。

哎，如果我是早早就好了，早早的歌声那么动听，一定能打动那些可爱的玩具，把它们全部带回家。

第二天早上，我一进教室就跑到早早那儿对她说，有个什么什么玩具店，只要你的歌声很美能够打动它们，玩具就是你的了。

早早听得一愣一愣，半天反应不过来。好不容易反应过

来了,却说了句丧气的话:"天下哪有那么好的事情? 照你这么说,如果刘忻往那店里一站,随便唱一句,所有的玩具都归她了?"

"是啊,"我说,"可是大歌星不会光顾那种小地方,他们才不稀罕那些小玩具。"

早早想了想,有些动摇,但还是没敢跟着我去冒险。

她说,万一玩具不喜欢她的歌,她可没钱把它们买下来。

我只好从她身边走开。

经不住诱惑,放学后,我一个人跑进了那家玩具店。

老板搂着一只雪白的玩具熊坐在地上玩游戏,看见我进来,扬扬下巴问:"唱歌吗?"

"唱。"我的声音轻得只有自己能听见。

货架上那些诱人的玩具,看得我眼睛都花了,不知道挑选哪个好。比较来比较去,我选中了一只黄毛小鸭子。这真是一只爱臭美的小鸭子,脖子里系着灰格子的围脖,脑袋上戴一朵灰格子的头花,就连脚丫子都套上了灰格子的靴子。它的眼睛是墨绿色的,看起来活灵活现。

我决定为它认真地唱一首歌,争取用歌声打动它,把它带回家。

我把小鸭子抱在怀里,深吸一口气,用心地、温和地、含情脉脉地唱起来:"雪绒花,雪绒花,每天清晨你向我问候……"

"闭嘴! 哇呜……哇呜……"小鸭子发出哭声和抗议声。

看样子我的歌声吓坏它了。完了,我必须把它买回家。

怔了几秒钟,我把它放回到货架上。

"对不起,我今天没带钱。"我转过身抱歉地对店主叔叔说,"我争取明天带钱来买它。"

"哦,这是你第一次来我店里唱歌,算了不用买。"店主叔叔安慰我,"不要难过,你回去好好地练习,说不定有一天,玩具们会被你的歌声打动。"

"会有那么一天吗?"我有点儿想哭,但还是忍住了。

"会的。"他说得那么肯定。

我转身离开,走出去几步又忍不住退回来朝那些可爱的玩具,特别是那只坏脾气的小鸭子看了一眼。

别神气! 我在心里对它们说,总有一天,我要用歌声打动你们,把你们全都抱回家。

于是,我开始默默地,很认真虔诚地练习唱歌。

郑多多说得对,女孩子应该把歌练好,不然多不像女孩子啊!

……

功夫不负有心人,一年不到,我的歌声听起来已经很不错了,班会课上,我的歌声赢得了热烈的掌声。同学们都问我为什么能够越唱越好,就连早早都来请教我。

我没有告诉它们。我和玩具们有个秘密的约定,那就是,我想用歌声打动它们。

选了个阳光灿烂的午后,我拖着郑多多一起奔向那个熟悉的玩具店。

店主叔叔看见我,像个老朋友一样和我打招呼:"又来看玩具?"

这一年里,我每次从这儿路过,都要在门口停下脚步把货架上的玩具们看个够。

"她今天是来唱歌的。"郑多多帮我说。

"哦? 欢迎欢迎!"店主叔叔从货架上取下一只簇新的小

鸭子,"唱吧。祝你好运!"

我温柔地搂住小鸭子,怀着必胜的信念,深吸一口气,微微抬起下巴,动情地唱起来:"雪绒花,雪绒花,每天清晨你向我问候……"

"闭嘴!哇呜……哇呜……"小鸭子的哭声和抗议声和一年前没有什么区别。

怎么会这样?我吓坏了,挫败感油然而生,好不容易积攒起来的自信也全部被摧毁。

"哈哈哈……"郑多多却笑了,笑得前仰后合。

店主叔叔也跟着大笑。

我被他们笑得浑身不自在。

当天晚上,我把自己蒙在被窝里叹息的时候,上铺的郑多多探下脑袋,抛下一个柔软的不明飞行物。

我接住,发现正是那只爱哭爱骂人的毛绒小鸭子。

"我不要。"我看见它就生气,"它根本不懂我的歌声。"

郑多多慢条斯理地说:"就算刘忻跑过来唱歌,小鸭子照样骂人照样哭。"

"啊?"我的脑子不够用了。

原来玩具店的声控玩具根本没有店主叔叔说的那样了不得,它们只要听见足够分贝的声音,就会哭着骂人,哪儿管那是不是动听的歌声。

"好你个郑多多,居然联合店主叔叔一起捉弄我!"我朝他咆哮。

郑多多晃晃脑袋:"不然你怎么会拼命练歌,又怎么能唱出这么好听的歌呢?"

我望着他,有那么一点儿生气,也有那么一点儿感动。

错过那片草

他最深的记忆里
最好的回忆。

大勇说，一个人为多大的事情生气，就只能做多大的事情。

这句话成了我的尚方宝剑。每当阚小萌板着面孔苛责我的时候，我就把写着这句话的练习本举起来，一直贴到她鼻尖上。

她往往气得面孔紫胀，夺了我的练习本把那页扯下来，在我面前一点一点撕碎，胸脯在撕扯的节奏里起伏，末了把一堆碎屑扣在我桌面上，咬牙切齿地哼一句"等—着—瞧"。

这哪儿是同桌，分明是敌人。

晚自习开始前，昨天的语文试卷发下来了，还不错，我离满分只差 38。于是心情大好，跟前座大勇聊得风生水起。

"给你来个急转弯,"大勇拱拱鼻头,"以你的智商绝对没问题。"

我甩一下斜刘海:"那是。"

"为什么好马不吃回头草?"

"因为要留给劣马吃。"

"错。"

"因为后面的草都被它踩脏了!"

"错!"

"因为……因为……"我潇洒不起来了,抓着头发冥思苦想。

"把你的李宁收一下。"一个声音冒出来。

我扭头,撞见一双有着绿白纹路的圆头布鞋。

布鞋离我的李宁貌似只有三厘米距离。

我吁口气把脚收到桌子底下,忍不住哼了句:"走路干吗跟猫似的,不弄出一点儿动静。"

她没有听见,不然准把我吃了。

她绕过我的身体挨着我坐下,轻轻地,像一只装腔作势的蝴蝶。

铃音乍响,全班安静下来,自觉进入自修模式。我却惦记着"回头草"的事情。

"喂,"我用笔杆顶一下大勇的后背,"公布一下答案。"

大勇收了收后背,耸着肩膀晃一下脑袋,表示不予理睬。

我不甘心,继续用笔杆顶他。

"庄小北,别玩儿了,赶紧写作业。"阚小萌终于忍不住了。

她就是这样,明明埋着头盯着自己的功课,却有本事对我的一举一动了如指掌。我最讨厌被监视了,而且是被这种趾高气扬的女生监视。非但监视,还时时刻刻管着,实在是太烦人了。班长就可以随便压制人啊?

正想跟她理论点儿什么,她忽然从我桌肚里摸出了试卷,像发现蟑螂一样大惊小怪:"不得了,庄小北,有进步啊!太有进步了!作文只扣了15分,我记得上次扣了25分呢!"

虽然分贝是适当控制的,但音色尖厉,还是把前后左右的目光全部吸引来了。我可怜的单薄的试卷在众多灼灼目光的注视下,都快烧焦了。

这算是夸我这次考得好,还是损我上次考得差?自尊心受不了啊!我挺起胸膛甩一下斜刘海,把肩膀沉下去一点,压低嗓门尽量保持风度:"阚小萌,你信不信,以后本人每一次考试,作文扣分都会控制在15分之内!"

我把"控制"两个字咬得极不受控制。

"口出狂言。试卷上作文扣多少分岂是你能控制的?"阚小萌不屑地扬起下巴,目光像拖把一样从我脸上扫过,去跟那些同样不怀好意的目光交汇、共鸣,然后重新刺回我脸上,刀剑般犀利。

与此同时,周围腾起一片不小的唏嘘。

所有的人都不相信,我庄小北以后能够控制自己的作文扣分。

15分,难度系数不是特别大哦。满分50呢!

晚自习结束前,阚小萌递过来一本书,血红色的封面上烫着金色的大字:中学生顶级作文。"顶级"两个字还镶了一圈亮绿色的边,以示强调。

"什么意思?"我瞅她。

她把书包甩到肩膀上,意味深长道:"有时间多翻翻。对

你有帮助。"

翻翻？我稍稍放低视线，发现书脊足足有一指厚。这得翻到猴年马月？

等我反应过来，阚小萌已消失在教室门口了。

怪不得作文写得好，原来是"翻翻"的功劳。

"这下麻烦了，"大勇斜着肩膀朝我把手一摊，"说出去的话泼出去的水，什么 15 分？25 分都未必能 hold 住。你这张破嘴……"

"你才破嘴，"我感觉浑身血脉贲张，看着他的眼睛，一字一顿道，"我庄小北说到做到！"

他抖一下肩膀，像是吓坏了。

"还当真了？"他搂住我，"干吗给自己那么大的压力？人生苦短，活得轻松自在些不好吗？肉包子还是手抓饼？"

"今天不吃宵夜，抓紧时间翻书呢。"

我抱起比砖头还沉的作文书，直奔向室外。

"哪根神经搭错了？"大勇在我身后喊。

我忽然想起了什么，转过脸问："那个……'好马'的答案呢？"

"这很重要吗？回去翻你的作文书吧！"他笑得狡黠，擦着我的肩膀滑到我前面，头也不回噌噌下楼去了。

瞧，看我上进了就摆出一副抛弃我的架势。

不管了。

到家打开"砖头书"才发现，一页一页翻过去很容易，但用眼睛逐字逐句扫描进脑子，就是一件艰难无比的事情了。

都是些什么文章嘛，矫情，变态，哗众取宠，无病呻吟，假大空，装得要命！这样的文章才能得高分啊？那我还是有多远滚多远吧。什么15分？随口一说而已，没必要当真。大勇所言极是，人生苦短，轻松自在才是最重要的。

这么一自我开导，整个人就舒坦多了。

把"砖头书"搁床底下。

以为这事儿就这么过去了，没想到第二天中午我被稀里糊涂通知去会议室参加一个什么会，到了那儿瞟见大屏幕上写着什么文学社什么沙龙，马蹄形的座位，三四十个男生女生围成两圈，阚小萌坐在正对门的位置，一副马上要做报告的威风凛凛社长状。

动动脚指头就知道了，她这是要强行拉我入伙呢！

大事不妙！我立马转身开溜，却被一个尖厉的声音喝住。

"庄小北，你的座位在这儿！"

我收住脚步僵在那儿两秒钟后，硬着头皮慢慢转身，在众人疑惑的目光中做出无辜的表情："搞错了哈，你们……文学社哈。我不是，我不是你们一伙的。"

"你是新成员，刚刚社长介绍过了。"立刻有人站出来拉拢我。

"对对对，欢迎新成员庄小北！"随即有人附和。

啪啦啪啦……

我的双腿在掌声和略带起哄的议论声里不由自主地迈向阚小萌对面的空座位。看我终于俯首称臣，她抬起下巴扬起嘴角，笑得得意，骄傲甚至狂妄地瞥了我一眼。

我几乎要疯掉。

不可思议的是，这个讨厌的社团竟然有个"灭绝人性"的规定，那就是每个成员每星期得交一篇千字作文，每两个星期得看完一本书并且写出千字读后感，每个月举行一次读书写

作交流会,人人都得发言……

听着都毛骨悚然。

"别把我算在里头。"一回教室我就郑重其事地告诉阚小萌,"我不算。"

"你算。"她回答得斩钉截铁。

我有点火:"加入社团得自愿,你问过我了吗?"

"没有。"她简直厚颜无耻,"但是你夸下海口说以后每次考试作文扣分都控制在 15 分之内,就凭你现在的水平,简直天方夜谭。加入文学社就不一样了……"

"尖子才能进文学社,我不够格。"我打断她的叙述,"一不够格,二不乐意,你放过我吧。"

"没办法了,你的名字已经报到辅导老师那儿了,以后你要是不写作文不参加活动,辅导老师会找你谈话,说不定班主任也会找你……"

"那又怎么样? 我就说我是被你胁迫的,说你多管闲事,说你强人所难,说你滥用职权……"

她气得胸脯发颤:"庄小北,我好心帮你,你居然血口喷人……"

看她几乎要气晕过去,我觉得很畅快,连忙亮出写了"一个人为多大的事情生气,就只能做多大的事情"的练习本,一直贴到她鼻尖上。

她把练习本抓过去,鼻子呼呼地冒气,眼珠子瞪着我,把那张纸撕下来,一点一点扯碎,拍在我课桌上:"等—着—瞧!"

才—不—怕。

嘿,没想到她还当真了,第二天就把文学社本周作文主题写给了我,要我一个星期之内交作业,还说要择优在校刊发表,请我珍惜机会。

我当场把那张纸揉成团丢进了桌肚,她气得连吞了我的心都有了。

这一幕被大勇尽收眼底。

"很帅,"他朝我翘起一根大拇指,"但是,阚大班长不会放过你的。要不……你还是乖乖听话吧。"

语气明显带着调侃。

"凭什么?"我面子挂不住,"她想摆布我,没门儿。"

"你要是不听话,也许事情会越来越糟糕。你得罪了她那么多次,她这次还不抓着把柄故意整你?"大勇摇头晃脑摆出一副幸灾乐祸的样子。

我听不下去,灵机一动:"我可以先下手为强。"

其实,我早就想治治这个不可一世的大班长了。老虎不发威,还当我是病猫呢!

听说我有这意思,大勇举四肢赞成,说愿两肋插刀协助我。

我们很快有了整治阚小萌的方案。

她不是在老师面前装乖乖女吗?就让她出出洋相。

第二天语文课,学的是契诃夫的《变色龙》,班主任请同学上去交流学习体会,阚小萌最积极,当然第一个被请上去做示范性发言。班主任很会偷懒,请了谁上去发言,她就坐到谁的座位上歇脚。

阚小萌刚张嘴,班主任就踱到了我身旁。

她坐下后,眼睛一直盯着阚小萌那张雪白的瘦脸,并没有在意面前的课桌。

阚小萌的发言渐入佳境,全班的目光都兴致勃勃地盯着她,班主任更是托住了腮帮子摆出一副听痴了的模样。

我有点急了,故意扭了扭屁股弄出一点儿动静。这下好了,班主任的注意力从阚小萌脸上收回来,终于瞥见课桌上半开着的笔袋。

而斜插在笔袋里的被咬了一小半的火腿肠,就那么一览无余地被班主任收入眼底。

阚小萌,你身为班长,上课竟然吃零食!还堂而皇之把火腿肠插进笔袋放在桌面!你这是在公然挑战我的威严和底线吗?太不像话了,你必须向全班检讨!检讨书不能少于三千字!

我在心里为班主任设定好了台词。

然而出乎意料的是,班主任面对那截突兀的火腿肠竟然毫无反应。她显然是发现了,却装作视而不见。

明显是包庇。

我的计划失败了,我感到失望。更不可思议的是,就在阚小萌发言接近尾声,走下讲台之前,班主任不知从哪儿掏出一张纸巾,把那截带着口水的火腿肠包起来,抓在了手上。

她走出了座位,在去讲台之前特意绕到了教室西北角,把缠绕着纸巾的火腿肠丢进了垃圾桶。这一切看起来是那么自然。只有我知道,那是我一节课前特意溜出去花了 1.5 元买的,只咬掉两小口。

痛心啊!

而这一切,阚小萌一无所知。她就这么避开了一次在我看来简直可以称之为灾难的麻烦。

我感到无力的愤怒。

火腿肠要是在我笔袋里,班主任还不当场大发雷霆?世界上的老师真是变色龙,在所谓的优等生面前是一回事,在所谓的差等生面前又是一回事。

"兄弟,别泄气,"大勇看我垂头丧气,找着酸词安慰我,"世上无难事,只怕有心人。咱们再好好想想,不怕找不到整她的办法。"

是啊,哪能半途而废?一计不成,再施二计。

换个思路,不为难班主任了。找初三的帅哥去,安排帅哥跟阚小萌搭讪。

楼上的强子不仅人长得帅,还是我邻居,找他帮忙,他一口便答应了。

说好了时间和地点,就等阚小萌上钩啦!

星期五放学后,阚小萌背着书包取了自行车,像往常一样不紧不慢走出校门。我和大勇悄悄尾随,就等好戏开幕。

我们早就摸清了她的习惯,每逢一三五放学后,她铁定会进面包店买面包。搭讪的地点安排在面包店门口最合适了。

强子够哥们儿,早就挎着书包候在那儿了。为了激发他的积极性,也为了剧情需要,我还忍痛付给他一笔钱,允许他买一罐冰激凌当道具。

阚小萌放好自行车走进面包店的时候,强子准确进入我和大勇的视线。那罐冰激凌太诱人了,隔着一条马路我都能闻到甜味,唉,我一个星期的零花钱啊!

这家伙很自信地朝我们打胜利的手势,我和大勇躲在一个肉夹馍摊位后面,只露出眼睛,连话都不敢说。

故事开始了,女主角抱着法式长棍从面包店返身,离自行车只有一步之遥,帅哥强子横空出世⋯⋯他们撞在了一起,法式长棍打落在地,而那盒诱人的冰激凌按照既定目标准确泼

洒在了雪白的衬衫和藏青色的裤子上。

重点是,不是阚小萌的身上,而是强子身上!

我和大勇连忙击掌庆贺。

不出所料,阚小萌火速掏出纸巾为强子擦来擦去,连面包都顾不上捡。

见时机成熟,我和大勇优哉游哉假装路人抄过去……

"哇,这不是阚大班长吗? 光天化日之下……这么亲热……"

"嗯嗯……注意形象哦!"

我和大勇勾肩搭背说着风凉话,看着阚小萌那张一贯盛气凌人的脸变得越来越红,那张一贯伶牙俐齿的嘴巴变得哑口无言,心里的舒坦劲儿哟……

然后在她恢复平静出言反击之前一溜烟跑开,不给她任何解释的机会。

真是皇天不负有心人,这第二计大功告成,总算制造了阚小萌的把柄。

双休日是在兴奋中度过的。一想到星期一可以握着把柄刁难一下阚大班长,一想到从此以后不用再面对她的指手画脚,我觉得世上最幸福的日子就要来了。

为了庆祝胜利,我和大勇痛痛快快打了一场篮球,完了跑去龙虾馆挥霍掉近一个月的生活费。

然而事情发展得竟然不受控制,星期一,我身边的座位空了。

第一节课空着,我还能接受,第二节课仍然空着,我感到呼吸局促了,到了第三节课,我不得不去找班主任。

"阚小萌今天没来上课。"我向她报告。

"哦。"她简单敷衍了一声。

看样子她并不感到意外。

"她去哪儿了？请假了吗？班长就可以随便旷课？"

"她明天要来的。"班主任回答我。

"哦。"我有点失望。

木讷地转身准备离开，班主任在我身后说了句吓死人的话："庄小北，以后不要买火腿肠了，那东西多吃不好。"

我连钻地缝的心都有了。

班主任到底是班主任，太犀利了！

话说要等一天啊！等一天阚小萌才会出现！哼，等明天她一出现，我就这么跟她说：哈哈，都被我们撞见了，跟初三的帅哥约会，当众卿卿我我……要保密吗？条件不多，只有三个：第一，允许我退出你那该死的文学社，而且永远不再强行拉我进去；第二，不可以再对我发号施令，要以礼相待，温柔相待；第三，请我和大勇吃一顿烤肉。

她的脸一定会气成猪肝色。

那时候我和大勇一定是满面春色，开心到骨子里。

美滋滋地计划了一天，我和大勇甚至连烤肉的座位都订好了。

然而第二天早上，阚小萌还是没有来。

一直等到午饭后，她终于出现了。没有背书包，没有穿校服，甚至没有了往日的神采飞扬。

全班都预感到，有什么重要的事情在她身上发生了。

"我要走了，"她说，"老家发生了点事情，我得提前转学。谢谢你们……我不会忘记你们的……"

后面的话有点煽情，我却没法共鸣。

我早就知道,因为户口的原因,她没有资格在这儿上高中,转学是迟早的事,但一般会上完初二,而现在离期末还有一个多月。

她站在讲台前絮絮叨叨地说着什么,我慢慢有了泄气的感觉。为没有机会说出口的三个条件,为没有机会看到的猪肝色的脸,为没有机会到来的一雪前耻的幸福生活。

她走了,在一片依依不舍的追随的目光里,像冬天的暖阳一样残忍地消失了。

"走了好,以后没人对我们管头管脚了。"

我听见大勇很小声地嘟囔。

是啊,走了好。我们算计她不就是为了磨灭她的气焰,凌驾于她之上吗?现在她退出了,我们应该高兴啊。

但我发现自己高兴不起来。

几天后,文学社一个跑腿的拿过来一本最新印制的校刊,主编一栏还是"阚小萌"的大名。

"有你文章。"那人说。

一张纸条滑出来。

"庄小北,很遗憾我没能为你做些什么,当初班主任要我做你同桌,是想让我帮助你,可惜我一直没有找到合适的方式,还总是惹你不开心。这篇文章算是一个小小的补偿和激励吧。瞧,经我妙笔润色,你的文章看起来还真不错哦。加油,为了你说过的扣分控制在 15 分之内。嗯,也许我会想念你的。珍重。"

是阚小萌的笔迹。

翻到有我名字的那一页。哦,居然是上次那篇只扣了 15 分的应试作文。她悄悄拿去修改后刊发出来了,实在用心良苦。

　一连好多日子，望着身旁空空的座位，我的失落感像初夏的雨，说来就来，绵延不绝。

　讨厌的阚小萌，我滑出了她的手掌，看起来解放了，却发现自己其实早已习惯了她，也根本离不开她。唉，当时不珍惜，眼下空伤感。

　没有人再盯着我交作业，没有人再用胳膊撞我提醒我回答问题，没有人抓着我为我讲解难题，没有人在运动会上扯着嗓子把我名字喊得应天响。没有了。

　"庄小北，你看看，你的作文只扣了 12 分。"大勇抓着最新的语文试卷扑过来，"不错嘛，嘿，你是怎么做到的？不是退出文学社了吗？"

　"谁说的？"我的回答掷地有声，"我现在是文学社的积极分子，一星期交两篇千字作文呢！"

　"夕阳从东边下山啦！"大勇装作要晕了过去。

　我给他一拳，突然想起了什么："喂，那个'好马'……你还没告诉我答案。"

　"脑筋急转弯啊。"他吸吸鼻子，"好马为什么不吃回头草呢？告诉你吧，那是因为回头草早就被吃光了！回头也没用！"

　"回头也没用？这个答案太没意思了。"我想了想对他说，"好强的马儿都好面子，好马之所以不吃回头草，大概是放不下面子。其实，没有谁会比他更留恋错过的那片草，那会成为他最深的记忆里最好的回忆。"

只要能够在一起

谁走到谁那儿还不是一样。

"周小一!"严老师字字铿锵,"把你的甲鱼搬下去!"

周小一没有听见,他正专心致志地改写一首诗。

"嗨,严老师叫你。"同桌庞大出于好心用手肘碰碰他。

"你挤我干吗呀!"周小一很有意见,"看我写诗嫉妒了是不是?"

庞大鼻子哼一声,自顾自地转笔,心想你挨死严老师的批我也绝不同情。

"周小一……"严老师拖长了声音。

"好了!"周小一啪地搁下笔,心满意足地瞅瞅改写的诗,旁若无人地朗诵起来,"床前小水缸,爬满绿乌龟。举头望大床,床上大乌龟。低头看床底,床底小乌龟。"

"哈哈哈……"

教室里笑浪翻涌。周小一很有成就感地跟着笑。在他看来,同学们笑他便是看得起他,在乎他。这样他就不孤独了。

笑得云里雾里的时候,周小一忽然瞥见一只细长的手伸进了他课桌上的小水缸里,两只尖尖的手指像蟹螯一样把贝贝夹起来。

周小一抬起眼,和严老师的目光来了个正面交锋,刹那间火光四射,烈焰朵朵,灼得双方睁不开眼。

"你的甲鱼,没收了。"严老师的脸像极了一块落了霜花的钢板,又白又冷。

周小一不买账:"说了多少次,它不是甲鱼,是乌龟,这只名叫贝贝,家里那只名叫宝宝。你怎么还不认识?"

这口气,仿佛是严老师的妈来了。

"甲鱼也好,乌龟也罢,总之没收了!"严老师的胸脯一颤一颤的,看得出里面压抑着一团怒火。

"不行!"周小一来硬的,"你没有权力带走我的贝贝。再说,你不知道怎么养它,会害死它的!"

同学们全神贯注地观战,比上任何一堂课都精神抖擞、神采飞扬。

严老师的胸脯颤动的频率越来越高。终于,怒火从她的胸腔喷薄而出,"呼"地燃烧起来,迅速映红她的脸:"我不但要没收你的甲鱼,还要没收你的水缸!"

说罢,她把贝贝扔进小水缸,连乌龟带水缸一起卷走,同时甩下一个短句:"明天叫你妈来!"

周小一气得说话不利索了："这……呵……没道理嘛！"

也别怪严老师恼火。周小一太老油条了，自从国庆去厦门旅游带回两只小乌龟，便三天两头把乌龟往课堂里拿，今天带宝宝，明天带贝贝。他要是偷偷摸摸带倒也说得过去，偏偏堂而皇之地把小水缸搁在课桌上，这样一来太引人注目了。上课的时候，同学们的眼睛不时地往小水缸瞟，注意力极容易分散；下课的时候，大家又把小水缸围得水泄不通。这不，乌龟成了班上的热点话题，不少同学也回去买乌龟。不过他们不敢把自己的乌龟毫无顾忌地带往学校，只有周小一。

周小一为什么这么宝贝他的两只小乌龟呢？说来难为情，人家还为这对宝贝掉过眼泪呢！从厦门飞回来的那天，妈妈说乌龟是不让带上飞机的，要周小一把它们放了。周小一想到要跟乌龟分别，眼泪就吧嗒落下来。他不死心，把小乌龟用塑料袋装着，放在妈妈手提的一个大纸盒子里。到了机场安检处，居然稀里糊涂地混过去了。到了飞机上妈妈说，不是人家没发现你的小乌龟，而是人家看你可爱，才放了你一马。

周小一乐得屁颠屁颠，把两只乌龟当作宝贝，取名宝宝、贝贝。从厦门回来的第三天，妈妈就收拾收拾走了，去的是新西兰，一个太平洋西南的小国家，妈妈所在的公司在那儿有业务。

妈妈走了，爸爸又整天泡在建材店里不见人影，周小一感到十分寂寞。幸好有宝宝和贝贝陪伴，不然的话，他非憋出病来不可。

不过周小一没想到，严老师这么快就对他的小乌龟不客气了。实际上这次的事也不是没有一点前兆。严老师曾在周小一的家庭作业本上提醒过，说不要把甲鱼往学校带。周小一说我的乌龟是乌龟,不是菜市场里熬汤的甲鱼,它们都有自己的名字,来自鼓浪屿……反正严老师写一句,他要顶十句。

现在好了,弄到了请家长的地步。

"你妈不是跟你爸'那个'了吗?"庞大伸伸脖子,"'那个'了以后她不是去新西兰了吗? 才走没几天吧?"

庞大说的"那个",指的是离婚。这事儿只有庞大知道,那家伙偷看了周小一的日记。妈妈走后周小一才开始写日记的。

周小一抓抓头发:"新西兰,也不是太远哦。"

"不远。隔个太平洋,坐飞机才十几个小时。"庞大晃晃脑袋,"你就请她回来一次吧,现在出发,明天笃定到学校。"

周小一不理他,脑袋瓜里全是妈妈的模样。

晚上,周小一给妈妈发了一封电子邮件,绕来绕去的,从班上的女生流行放学后吃铜锣烧,到男生小了便不洗手,再从班主任的头发变卷了,到学校有一个班的人狂出水痘,再到快餐店的面条上搁的大排越来越单薄了……全是不着边际的废话。其实周小一是想说,妈妈我想你,没有你我好孤独,没有你日子过起来像喝自来水……

周小一忍着没有说这些。男子汉嘛,张口闭口想啊想的,多让妈妈笑话! 再说,妈妈去新西兰是为了工作,又不是一辈子待那儿不回来。

"眼下最重要的是把我们的伙伴要回来。"周小一搂着家里的小水缸对里面的宝宝说,"我知道你想它了,就像我想妈妈一样。想念真是一种很不舒服的感觉。对了,你和贝贝之间是怎么称呼的呢? 要我说,你是哥哥,它是弟弟。我猜对了吗?"

宝宝在沙石上爬来爬去，看上去有些不安。

周小一叹一口气，抱着小水缸给爸爸打电话。

"爸爸，我的贝贝被严老师没收了。"

"什么？什么被被被的？晚饭吃过了吧？作业做了吗？完成了就睡觉，不要玩电脑……"

周小一"嗯"了一句，垂头丧气扔下电话。

看样子爸爸很忙，忙得忘记了自己是一个男孩的爸爸。

打开一扇窗，可以看见满天的星星。周小一托着下巴遥望深蓝色的夜空，无限惆怅地想：时差四个小时，新西兰这会儿已经进入新的一天了吧，这些星星是不是也在那儿的上空眨眼？它们能看见我妈妈吗？妈妈睡熟了吗？等她起来收邮件的时候，我将还在梦中。

再看宝宝，它想弟弟已经想累了，半个身子趴在细沙上，半个身子落在水里，懒得动弹。

爸爸不理事，妈妈又远在异国，周小一要回贝贝的事，只有靠自己了。

第二天一早，周小一还在睡梦里，电话铃响了。

妈妈远隔重洋打来国际长途。

"小一，妈妈收到你的邮件了。你想妈妈了，是不是？"妈妈一语中的。

睡眼蒙眬的周小一激动起来："妈妈，妈妈，妈妈。"

连续三声"妈妈"把妈妈叫得声音走样了："小一最乖，好好学习，好好照顾自己，不要惹事。到了寒假我接你过来玩……"

妈妈的啜泣声弄得周小一紧张起来："妈妈不要哭，我很好，我不会惹事的……"

其实周小一多想说，妈妈我很想你，我的贝贝被没收了，我好难过。

周小一忍着不说。他告诉自己不能让妈妈操心，坚决不能。

周小一背着书包没有直接去教室，而是去办公室找严老师。

严老师真勤快，这么早已经在埋头批阅作文了。

周小一并不急着把腿迈进去，他把脸贴在窗玻璃上，瞪圆眼睛朝里张望，搜寻着他亲爱的贝贝。一夜不见，它是不是憔悴了许多？可是，周小一把办公室的每一个角落都扫了一遍，

知己红颜

也没有找到小水缸。

难道贝贝出事了？周小一慌慌张张地跑进去："严老师，我的贝贝呢？"

严老师抬起眼，扶一扶鼻梁上的镜架："噢，周小一。你说什么？"

周小一的眼珠子继续在严老师周围搜索："我的小乌龟在哪儿？你把它怎么啦？它可不能有事，求您把它还给我。"

严老师恍然大悟："那只小甲鱼啊？我不是告诉你了吗？没收了。想要回的话，叫你妈妈来。"

周小一急了："你究竟把我的贝贝怎么啦？我怎么见不着它？"

严老师一本正经地说："它好得很，我托专人照顾着。"

"让我见见它。"周小一乞求道。

严老师转移话题："你妈什么时候来学校？上午还是下午？"

周小一把牙咬得紧紧的，转过身拔腿就跑。

严老师向他要妈妈，他交不出妈妈，只有逃走的份。

整个一天，周小一精神恍惚，根本没有心思学习，朗读课文不发出声音，作业像鬼画符，就连上厕所都忘了带纸。

庞大搂着他的脖子问："你妈几点的飞机？怎么还没到？"

这家伙明明知道周小一不可能为了一只小乌龟让妈妈辛苦来回一趟，还故意说这样叫人伤心的话。

"我妈不回来。"周小一反击道，"她在那边忙工作。"

"那你的贝贝不就回不来了？"庞大刺激道。

周小一抓抓头发："我会想办法的。"

放学的时候，严老师走过来拍拍周小一的肩膀："你妈怎么还没来?"

周小一努努嘴,想了想说:"我妈出差去了。您还是先把贝贝还给我吧。"

"那就叫你爸来。"严老师紧接着说。

说来说去,她打定主意不见家长不还乌龟。

周小一火了:"为什么一定要喊家长? 他们有他们的事,哪儿那么空尽往学校跑? 不就是一只乌龟吗? 你要,送给你!"

说完他扭头就走。

严老师很失面子地站在那儿,任凭同学中有人暗自发笑。

周小一奔出校园就收住了脚步。他想,我不能就这么回去,回去怎么跟宝宝交代? 宝宝没看见贝贝,一定会非常失望的。

正伤脑筋呢,周小一瞥见严老师挎着手提包走出来。他机灵地走上去,远远地跟随。

严老师穿过中央广场,拐进了通往农贸市场的街道,走进一家观赏鱼店。周小一躲在一边张望,发现里面不仅卖观赏鱼,还出售乌龟。

不一会儿,严老师出来了,直奔农贸市场。

周小一赶紧冲进店去。在一大堆小水缸中间,周小一一眼就认出了他的小水缸,贝贝正悠闲地在里面的沙石上散步。

"贝贝!"周小一万分激动地捧起小水缸,"我可找着你了!"

那高兴劲儿,仿佛正和妈妈重逢。

可当周小一提出要将贝贝带走,店老板说什么也不答应,还说这小乌龟是严老师放在这儿请他照顾的,出了钱。

103

周小一磨破嘴皮子也无济于事。

天黑的时候周小一沮丧地回家了。宝宝看见他回来,在小水缸里面爬上爬下,把脖子竖起来,脑袋昂得高高的,似乎在问:贝贝怎么还没回家?

周小一轻轻地端起小水缸,怜爱地望着惴惴不安的宝宝:"宝宝,我知道你现在很孤独,我知道你和贝贝是不能分开的。你放心,我不会让你们分开。"

与此同时,一个念头诞生了。可以说这是一个决定,这决定对周小一来说十分伟大。

周小一书包都没来得及放下,抱着宝宝摔门而去。既然贝贝无法走到宝宝这儿,那么宝宝可以走到贝贝那儿。谁走到谁那儿还不都一样,只要能够在一起。

送给校花的明信片

每个人都是一朵花。

"嘿，秦一诺，有你明信片!"生活委员小环举着巴掌大的片片绕过一大帮男生女生，直冲向密友秦一诺。

"拦住她!"

随着一声尖叫，几个好事的女生蜂拥而上……小环手上的明信片瞬间不翼而飞。

"拿来!"小环急得跳脚，"抢别人信件是犯法的!我告诉 Miss 庄去!"

"分享一下嘛!"

"先睹为快!"

"检查一下是不是情书哦。"

女生们叽叽喳喳。

"爱笑爱玩儿爱学习，没心没肺没大没小，这样的你多可爱。答应我,无论发生了什么事,都不要让这些天真失去颜色。好吗? 祝你儿童节快乐!"汪书蕾大声朗诵。

"好浪漫啊! 哪个写的?"

"还儿童节快乐呢! 咱都光荣入团啦!"

"是啊! 都长青春美丽疙瘩痘了!"

女生们咋咋呼呼地传阅写着"秦一诺收"的明信片,却怎么也找不着寄信人的名字。

"瞧瞧这笔迹……"

"咦? 有点像咱们班卞某人的笔迹!"

"不会吧? 卞委员书呆子一个,写情书这种事情哪会跟他沾边?"

"越是书呆子,越是花花肠子。"

"有可能。"

不一会儿,女生们就一口咬定这张明信片是卞开齐写给秦一诺的。

"秦班长,物归原主——"汪书蕾把明信片递给秦一诺,"卞委员给你的儿童节贺卡! 呵呵……"

一直站在一旁握着羽毛球拍打不起精神的秦一诺根本就没把这明信片放在眼里,仿佛压根儿和她没关系,她只是个局外人。也难怪,从小到大,她收到的明信片呀、信呀、小纸团呀还少吗?

"无聊。小环帮我收起来。"秦一诺朝小环努努嘴。

"哦。"

小环应着,从汪书蕾手上接过明信片,放进屁股口袋里。

"秦一诺好有派头!"汪书蕾惊叫,"连看都不看一眼,就叫小环收了,太酷了……"

106

"太酷了。"女生们一起怪腔怪调附和。

男生鲁哥晃着肩膀加入:"人家是不可一世的校花,没这点派头哪像话?"

"可是,卞委员知道了会伤心的,"汪书蕾故作伤心状,"好可怜的卞委员。"

"是吗?"鲁哥招呼不远处正一手托着眼镜架,一手玩篮球的卞开齐,"小卞,过来一下。"

卞开齐抱着篮球愣头愣脑地走过来。

鲁哥拍拍他瘦弱的肩膀:"告诉你个坏消息,你写给秦一诺小姐的明信片,人家根本不屑一顾。"

卞开齐皱皱眉头,看看鲁哥,看看汪书蕾,再看看心事重重的秦一诺,提一提眼镜架慢吞吞对鲁哥说:"以后别叫我小卞。"

他把"小卞"两个字说得咬牙切齿。

"嘿,我叫的是卞开齐的卞,又不是方便面的便。"

卞开齐竖起眉毛:"你再说!"

"难道像女生一样叫你卞委员吗? 你这个官迷,当个学习委员就神气成这样……"鲁哥歪着嘴巴笑。

"也不要叫我卞委员。"卞开齐一本正经地环视大家,"都叫我卞开齐。"

他的认真样儿惹得大家一个劲儿笑。

"还有,"卞开齐身子转过去又转回来,"严正声明——本人没有给任何女生写过明信片。"

说完他拍着篮球故作潇洒地走开。

"呵,他这么说,不是此地无银三百两吗?"鲁哥完全不相信卞开齐的"严正声明"。

知己红颜

"是啊,欲盖弥彰。"汪书蕾嘀咕道,"明明就是他的笔迹。"

"就是!"几个女生跟着起哄。

"都聚在一起讨论什么呢?"体育老师吹响哨子,"还不赶紧做运动?"

大家这才散开。

晚自习开始前,小环挽着秦一诺从宿舍走向教室。

"给我,"秦一诺看四周没人注意,便把手插进小环的屁股口袋,"看看是谁写的。"

"你不是不想看的吗?"小环逗她。

"就看一眼。"秦一诺晃晃脑袋。

"他们说是卞开齐的笔迹,我也觉得很像,你觉得呢?"小环细声细气地问。

秦一诺仔细端详着明信片上两行遒劲有力的行楷,抿抿嘴巴,皱皱眉头,若有所思。

"喂,是不是卞开齐的笔迹呀?"小环好奇得不行。

"好像是,又好像不是。比他平时作业本上的字还要好看点儿。"秦一诺犯难了,"不会是他呀。他跟女生都不怎么说话的,怎么会突然送我明信片? 再说,他那么严肃,也不会开'儿童节快乐'这种小朋友玩笑啊!"

"那会是谁呢? 咱们班谁的行楷能写这么好呢?"小环咬咬嘴唇。

"而且你看,这上面有邮戳,是从北四街寄到学校来的。卞开齐的家不在北四街,而在东山路,差远了!"秦一诺进行分析,"所以,不会是卞开齐写的。"

"这就怪了……"小环突然眼睛一亮,"呀! 会不会咱们班有人搞鬼,故意模仿卞开齐的笔迹给你写明信片?"

秦一诺想了想说:"说不准。"

"这不是没事找事吗?"小环为卞开齐叫屈,"那个恶作剧的人太可恶了,居然陷害心无城府弱不禁风的卞委员……"

秦一诺大大咧咧地说:"哎呀,没什么啦,只不过是两行简单善意的祝福,坏不了我和卞开齐的名声。"

"嗯。也对。"小环愉快地点点头。

然而这件事并没有就此结束。

晚自习快结束的时候,同学们正埋头做功课,班主任兼英语老师 Miss 庄过来拍拍秦一诺的肩膀,示意她跟自己出去一下。

几十双眼睛都兴奋地盯着秦一诺漂亮的后背,又不时朝目不斜视正在攻克难题的卞开齐瞟,那潜台词就是:啊哈,看上去事情捅到 Miss 庄那儿咯,有你们受的啦!

Miss 庄领着秦一诺消失在教室外面的过道里。

教室里立刻混乱起来,同学们窃窃私语,预测着 Miss 庄跟秦一诺的谈话内容,猜想着接下来会发生些什么……

鲁哥猫着腰从后面快步窜到卞开齐身边:"小卞,你要有心理准备,接下来 Miss 庄该请你去办公室喝茶聊天了……"

"跟你说不要叫我小卞,你怎么就是不长记性?"卞开齐突然站起来大声冲鲁哥吼道。

鲁哥一惊,尴尬地耸了耸肩膀。

教室里立刻安静下来,所有的人都被卞开齐的大嗓门吓住了。

这个个子小小脑袋大大高度近视,平时沉默寡言不苟言笑的学习委员,这一刻居然会有这么大的嗓门!

没有人好意思再议论什么。

一直到晚自习下课,秦一诺都没有回教室。

这个悬念挠得大伙儿心里痒痒的。

"欲知后情如何,且等明日揭晓——"鲁哥拖着长音晃出教室。

"明日揭晓……"几个声音附和。

秦一诺直接回宿舍了。回到宿舍一语不发,小环问她怎么啦她都不说话。

室友们不得不怀疑,明信片事件伤害到了这朵美丽的校花。

实际上,最近一阵秦一诺很不开心,没有了原本的无拘无束无忧无虑天真烂漫,一连串打击使她变得安静和沉闷。上个星期,学校推荐一名同学申报市"十佳文明好少年",她没挨上边;上上个星期,她的钢琴独奏在校五月音乐会上输给了初一的小对手,屈居第二,失去了代表学校参加全市中学生器乐比赛的资格;还是在上上个星期,她因为涉嫌作文抄袭而被语文老师当众批评,其实她只是引用了一小段景物描写而已,而且那是她背出来的,并不是抄的。

这朵原本跟什么好事都粘在一起的校花,接二连三在同学和老师面前失去尊严,怎能不黯然失色?

小环看在眼里,疼在心里。

第二天,戏终于有得看了!

英语课上,Miss 庄居然请秦一诺和卞开齐站起来做问答,秦一诺问,卞开齐答。

教室里顿时泛起小小的波澜,有捂住嘴巴"咯咯"笑的,有把眉毛挑得"簌簌"响的,有搓着嘴巴"喔喔"轻吼的,还有用一面手掌把另一面手掌拍得"啪啪"响的……

秦一诺不动声色地站在那儿，像一枝高傲的花儿。

卞开齐脸红了，双肩因为紧张而不自然地往上耸，整个身板僵硬地跟着脑袋不时左晃右转，躲在镜片后面的小眼睛犀利地扫来扫去。

Miss 庄意识到了教室里这些很想放肆却不敢放肆的波澜，便问大家："What's wrong?"

同学们面面相觑，不吱声儿。

"别没事儿找事儿，都快初三了！"

Miss 庄强调完，和颜悦色地看看秦一诺，望望卞开齐，请他们为大家做问答示范。

秦一诺淡定从容，卞开齐的声音却莫名地颤抖……

这样的颤抖令所有的同学坚信，那张浪漫的明信片，就是卞开齐的杰作。

尽管卞开齐死不承认。

午饭后，小环小心地试探秦一诺："昨晚 Miss 庄批评你啦？"

秦一诺摇摇头。

"那就好。说明她还不知道明信片事件。"小环拍拍胸吁口气，"大伙儿开玩笑归开玩笑，但都没有到 Miss 庄那儿告状，真好。那么，Miss 庄把你找去干什么？"

秦一诺懒散地回答："她说学校决定从品学兼优的初二同学中选出一个来担任校团委副书记，先每班推选一个候选人，然后校团委逐个考察。"

"什么意思？"

"她说她看好我，问我有没有信心。"

"有！当然有信心！"小环激动起来，"哇！校团委副书记耶！多大的官儿啊！"

"我觉得我不会被选上的，就算能冲出班级，也未必能笑到最后。"秦一诺说话没底气。

小环连忙安慰："不会的不会的，你是那么棒，全校公认的色香味俱全的校花……"

事情说来就来。

星期五下午最后一节班会课上，Miss庄郑重其事地张罗推选副书记候选人的事，要大家提名。

话音刚落，小环第一个站起来："我推荐秦一诺！她不仅德才兼备，而且知名度高，由她代表我们班去参加竞选，一定能最终胜出！"

"那可不一定，"鲁哥站起来说，"我认为应该选个男生，卞开齐就很不错！"

"选女生！"汪书蕾说，"女生做工作细致，而且热情高。"

"选男生！"男生们起哄。

"选女生！"女生们不让步。

Miss庄摆摆手示意大家安静："我觉得你们推荐的两名同学——秦一诺和卞开齐都很出色。那就来个公平竞争吧，二选一，举手表决。"

沉默了片刻，人堆里发出一阵诡秘的笑声。大家都觉得，让秦一诺和卞开齐PK，是一件多么有意思的事情。

谁知PK刚要开始，卞开齐却慢悠悠站起来，托托眼镜架对Miss庄说："我放弃。你们选秦一诺吧。"

"哇！"全班惊叫，这叫声的潜台词就是：这都舍得放弃，你对秦一诺太够意思了，还说明信片不是你写的？小卞！

"好好好，"汪书蕾神情激动，"既然男生主动退出，那我们

112

女生就赢了！秦一诺,你赢了!"

"是啊是啊,秦一诺赢了!"小环开心地鼓掌。

秦一诺看看大家,把目光落在卞开齐身上,出人意料地说:"请你不要放弃。我想和你公平竞争。"

同学们吓了一跳。

教室里异常安静。

沉默了一会儿,卞开齐勉为其难地点点头。

"看见没? 他俩都希望对方赢。太让人感动了。"鲁哥对汪书蕾说。

"是啊,我都想流泪了。"汪书蕾夸张地说。

"好吧,"Miss庄很高兴,"既然如此,那我们就开始举手表决吧,二选一。"

……

30秒钟后,推选结果出来了。

秦一诺19票,卞开齐24票。

男生们肆意狂呼:"卞开齐好样儿的!"

秦一诺神情黯淡地坐下。

"咳,自古都是这样,男生和女生之间若发生一点儿故事,名誉受损的多半是女生,看看,秦班长多可怜……"汪书蕾咕哝道。

"那只能怪她自己,"鲁哥甩甩头发,"谁让她假正经叫小卞别放弃?"

放学的铃音响起来,同学们提着书包飞快地奔出教室,小鹿一般欢愉兴奋。

秦一诺低头无语,慢吞吞地收拾着文具。

卞开齐站在座位上犹豫了一小下,鼓起勇气走过去:"秦,秦一诺。"

秦一诺抬起眼睛,又面无表情地垂下脑袋,自顾自整理东西。

卞开齐皱皱眉头,犹豫了一下,一步三回头地走开了。

"别难过。"小环搂住秦一诺的肩膀,"金子经常发光也会累的,休息一次又何妨?"

"你认为我还是金子吗?"

秦一诺说完挎着书包走出教室,迎头撞见 Miss 庄。

"今天的事……"

"没什么啦,"没等 Miss 庄说完,秦一诺咬着嘴唇说,"你是不是早就预感到我会输,所以那天晚自习就找我谈话,说什么要乐观、自信……我现在成了卞开齐的垫底,你要我怎样乐观、自信?"

这是秦一诺第一次用这样的口吻跟老师讲话。这样的秦一诺吓着了 Miss 庄,也吓着了她自己。

这一回,秦一诺彻底被打垮了。她觉得她的尊严和美丽像一件又脏又旧的外套,已经在众目睽睽之下被剥离了身体。

晚上,她把自己关在房间里听歌。

"疲惫的旅途谁还记得来时路\我们都是生命的俘虏\要怎么说才清楚\盲目苛求幸福越盲却越孤独\还不认输单纯的付出……"是阿杜的《听见牛在哭》。秦一诺一遍接一遍地听,感觉那只伤心落泪的牛就是自己。这么巧啊,她也属牛。

歌声里,秦一诺想起了那张明信片。她轻轻地把它从书包里抽出来——这个时候,她才开始留意这些文字所要传达的意义,才清楚那个写明信片的人已经觉察到了她最近的不快乐,感受到了她的沉默和消沉,因而告诉她要坚强面对,一如从前……

而这个人，究竟是不是卞开齐呢？

在恍惚中醒来，阳光已经炽热了。

电话铃声骤响，是个男孩子的声音。

"秦，秦一诺。"他说得那么胆怯。

是卞开齐。

隔了一会儿，他接着说："一个小时后，我在你家附近的小暮山公园等你，有话要说。"

"不去。"

"希望你能去。"

搁下电话，秦一诺浑身不自在，心儿"咚哒咚哒"跳个飞快。

他会说什么？不能去。有些话不能让他说出口。

她管住了自己。

尽管没有去，但不知道为什么，她的心情好了很多。

也许，这样的拒绝是可以给自己注入强心剂的。拒绝得越干脆，也就把自己抬得越高。

令秦一诺始料未及的是，星期一中午，她又收到了一张明信片。这一次，小环从门卫取了明信片没做一点儿声张，悄悄交给了秦一诺。

上面用潦草的行楷写着：

秦一诺，别忘了你是校花，欣赏不欣赏是别人的事，你只管开出自己的精彩。

"喂，看邮戳——这次不是北四街寄出的，而是东山路寄

出的,绝对是卞开齐!"小环愉悦地说,"可想而知,上次他一定是想隐藏自己,所以才会跑到那么远的北四街去寄……可是,这上面的笔迹跟上次的笔迹差别还不小……"

秦一诺不出声儿。

"开出自己的精彩",多么温暖和充满力量的鼓励啊!看不出那个小小的皮包骨头的书呆子竟是如此睿智和善解人意,简直就是一个阳光精灵。秦一诺这么想着,觉得豁然开朗。

她藏着小小的感激和幸福仰头走在食堂回宿舍的路上,卞开齐擦着她的身体超过来……

"秦……你还好吧?"他木讷地问。

秦一诺正视他,做出一个温和的笑脸:"谢谢你。你给我的两张明信片我会珍藏。"

"两张?"卞开齐摸摸下巴,"严正声明——前一张不是我写的。"

他说完赶紧开溜。

看着他逃命的样儿,秦一诺忍不住笑了。

"是的,要开出自己的精彩,"秦一诺对小环,也是对自己说,"每个人都是一朵花,都应该开出自己的精彩,这才是生命的意义。"

她在这样的鼓励中恢复了朝气,重燃了自信,整个人看上去激情蓬勃。

"这才是我们的校花!"Miss 庄感慨,"你终于走出了低谷。"

"要谢谢您,"秦一诺快活地说,"是您让我得到了一份珍贵的鼓励。"

Miss 庄欣慰地拥抱她。

一切都美好起来,秦一诺这朵经风历雨的校花,在自己的阳光里幸福地盛开,如六月满塘莲叶托举着的荷花,袅娜娉婷。

暑假快要来临的那个双休日,秦一诺收到了小环发给她的电子邮件,内容是一个网页的链接,说是无意中发现的。

秦一诺打开那个链接,发现是 Miss 庄的个人教育博客。

上面有很多和教育相关的故事,其中一篇写道:有一次,班上一个很优秀的女生遭遇了一些小小的挫折,信心倍受打击,整个人闷闷不乐,我及时地给她寄出了一张明信片,鼓励她保持自己的颜色,不要为任何挫折所改变……

原来是这样!

这一刻,秦一诺百感交集。

"看了吗?"小环在电话里问她。

"看了。"

"Miss 庄的中文行楷咱都难得一见,原来写得那么棒!早该想到是她了!"

"嗯。"

"你觉得两张明信片哪张更好?"

秦一诺把两张明信片找出来,看了又看,喃喃地说:"都好。"

来如春梦
去似朝云

其实，这样也好。

"这儿这儿，奶茶在这儿！"爪爪隔着货架朝我大声吆喝。

"来啦！我亲爱的奶茶——"我推着购物车转过一排摆满蜜饯的货架，直奔爪爪的声音而去，却听见"啪"的一声，购物车撞翻了转角处的一溜儿果脯。

没办法啦，只好蹲下来捡。

"好好的果脯怎么摆得这么不靠谱呢？"

我嘟哝着把东西摆好，抬眼瞥见一个男生正直勾勾地看着我。天呐！林俊杰一样可爱的单眼皮，王力宏一样肉嘟嘟的鼻头，魏晨一样俏皮的嘴巴，还顶着一头浓密的小爆炸，帅得过分！

从来没有男生用这样的眼神看我。一阵麻酥

酥的感觉迅速从我手臂蔓延到心脏……

"喂，没见过美女啊？"爪爪跑过来挡住男生看我的视线。

"见过。"那家伙居然笑眯眯地说，"采香中学初三（1）班著名的才女——豆豆。"

我和爪爪都被吓坏了。

"喂喂喂，他认识你耶！他知道你耶！"爪爪抓住我的胳膊拼命摇晃，"你认识他吗？"

我耸耸肩膀，有些木讷地摇摇头，慌里慌张地推车走开。

"你要的奶茶在那边！"男生在我身后喊。

我心儿狂跳。

这个时候不用喝奶茶，我心里已经充满甜甜的奶香味儿了。

爪爪追上来一把挽住我的胳膊："逃什么呀？怎么回事？从实招来！"

"什么怎么回事？"

"你和他呀！既然他认识你，你就一定认识他！看在好姐妹的份上，有故事别瞒着我哦。"

我停下来郑重其事地对爪爪说："我真的不认识他，哪儿来什么故事！"

"我认识他。"爪爪突然慢条斯理地说。

"快说快说，他是哪个班的？我之前怎么从来没见过？"

"这么想知道哇？"爪爪卖关子，"我偏偏不说。"

"不说就不说。最好永远都别说！"

我说完推着购物车在超市里疯跑。

这一刻，我满脑子都是那双可爱的单眼皮眼睛！我们四目相对的那一瞬间，他给我的感觉太奇妙，陌生却又极其亲

切。这种感觉仿佛是裹着轻纱的梦，盈盈落在我心头，挥之不去，幻化成一颗兴奋的不安的蠢蠢欲动的种子，随时都有破土而出的可能。

难道这种感觉和季节有关？春天来了，万物复苏，那么，我潜藏着的青春的萌动，是不是已经伴随着春天梦一般的气息，悄悄地醒来？

从超市出来回到爪爪家，我心里乱极了，面对一大堆复习难题，再也沉不下心来。

我从来都不知道，在一个突然的时间里，会遇到那样一个突然的人，突然地让我感受到了原本藏于心底的那份骚动和幻想。之前偶尔也会听说班上某某喜欢上了某某，某某对某某有意思，那时候觉得这种小偷小摸的要好绝对不会落到自己身上。

没想到这回轻而易举地被那双眼神俘虏了。可笑的是，我居然对他一无所知。

"发什么呆啊！"爪爪抛给我一包牛肉干，紧挨着我坐下，"可怜的豆豆！看在你想得神经兮兮的份上，告诉你吧，那位盯着你看的帅哥呢，就是上次我们学校开新年音乐会的时候，第一个出场演奏萨克斯的家伙。当时那掌声和尖叫声哦，把屋顶都要掀翻了！你不记得了吗？嘿，人家有个很酷的名字，叫张杰。"

"张杰？"我叫起来，"哎呀，我那天没参加新年音乐会，去福利院当志愿者啦！"

"哦。这么说你错过了！"爪爪瘪着嘴做出一副遗憾至极的表情。

"那他是哪个班的呢？"我追问。

"不知道。"爪爪摸摸我的头,"这个我真的不知道。当时听同学们议论,好像是外校的。"

"外校?是景萨国际外国语学校还是城中外国语学校?"

"不是外国语学校,是外面的学校。"爪爪敲敲我的头,"外面有很多很多学校,张杰在哪一所,我不知道。"

我有些失望。

"可是,你都不认识他,他怎么会认识你呢?还一下就叫出你的名字来!这是怎么回事呢?"爪爪挠我痒痒,"你一定有故事瞒着我!"

"没有故事……"

"快说嘛,不然我告诉我姨夫!"

"别到校长那儿去胡说八道!"我掐她胳膊上的肉,"姨夫姨夫!你姨夫是校长你就这么疯?"

爪爪把下巴凑到我鼻尖上:"我疯吗?你才疯呢!魂不守舍的。"

"不说了。"我翻出试卷思考难题。

"喂,"爪爪逗我,"你要是真想再遇见他,下个星期天你来我家,我们再去超市碰碰运气……"

"你胡说什么?"我用笔敲她脑门,"做你的题目!倒计时只有 86 天啦!"

没错,快要中考了!在这紧要关头,我的心不可以波澜起伏,不可以的。可是,那双眼睛已经撩动了我的心弦。怎么办?

接下来的日子,我上课的时候会不经意地走神,思考题目的时候会不小心发呆,睡觉的时候会翻来覆去……我好讨厌这样子的自己。而那双浅笑吟吟的眸子,在我心海里倒影得

愈发真切和美好。那一颗由春梦幻化而成的种子,在我心里日渐鼓胀得丰腴饱满。

"把心收回来,快点收回来!"我听见自己在命令自己。

可是我知道很难。

Miss许把我请进了办公室。

我们面对面坐着。

"豆豆,你最近的成绩有些不稳定,是不是有什么心事?"她小心翼翼地试探,眼睛紧紧捕捉着我的表情。

我紧张起来,结结巴巴地回答:"没……没什么。就是担心中考……考不好。"

"有这样的担心是正常的。不过,你是咱们班最有希望升入松华高中的同学之一,你要有信心! 现在已经到了关键时刻,老师希望你抛弃一切杂念,把握好自己的心态,做最棒的自己。好吗?"

"嗯。"我点点头,小心地起身离开。

好害怕心里的小幻想小激动被 Miss 许看出来。

她说得对,关键时刻,应该抛弃一切杂念,专心迎考。我是最棒的豆豆,我可以做到!

这么想着,我慢慢地挺起胸膛来。

窗外,春意一日浓于一日。我心里那颗鼓鼓囊囊的种子在有意无意的忽视下渐渐变小……

倒计时43天的那个午后,我正在阳台上极目远眺,爪爪噜噜从走廊那头冲过来一把逮住我:"跟我走跟我走,我带你去见个人!"

我莫名其妙地被她牵着,一直来到校体育馆二楼的乒乓球室。

一拨男生正战得热火朝天。

天呐！我一眼就看见他！是他！林俊杰一样可爱的单眼皮，王力宏一样肉嘟嘟的鼻头，魏晨一样俏皮的嘴巴……身着运动装看上去更帅了！

我的心狂野地跳着，身体机械地想要逃走，却被他叫住："豆豆！"

他握着乒乓板，抹一把额头的汗，笑嘻嘻地朝我走来。

这一刻，那颗小小的快要消失的种子在我身体里迅速鼓胀……

"张杰！"爪爪抢在我前面迎上去，熟人似的打招呼，"你好啊！"

张杰跟爪爪点头示意后，径直走向我："豆豆，我听说，采香中学文采最好的就是你。"

我害羞地点头又摇头："你听谁说的？"

张杰避而不答："我还听说，你在杂志上发表过不少文章。呵呵，我看过报纸上你的专访，上面的照片和你本人一模一样。"

我脸儿发烫。

"是啊是啊，我们豆豆是如假包换的文学天使，采香中学的特级宝贝……"爪爪啰嗦道。

我有些不知所措。

"我读过你的几篇文章，印象最深的是那篇《来如春梦去似朝云》。"张杰温柔地望着我，"文章写得优雅轻灵，缥缈含蓄，只是我一直不明白，如果说白居易写《花非花》表达的是迷离的梦幻和恍惚的回忆，那么，你那篇文章里的'春梦'指的是什么？"

他轻盈地笑着，认真期待着我的回答。

他竟然读过我的文章？我的思绪混乱不堪，竟一时吐不出半个字。

"可以陪我练练吗？"张杰把乒乓板递给我。

"我不会。"我慌忙拒绝，"真的不会。"

"我会！"爪爪一把抢过乒乓板，"张杰，咱们战几个回合！"

"你行吗？"

"我爪爪是女中豪杰，我不行谁行？"

他们一边说笑，一边一来一去练开了。

我无聊地站在一旁，想逃，却有些不舍。从来没有哪一刻这么后悔自己不会打乒乓。

"爪爪加油！"

"张杰加油！"

"杀她一个光头！"

"好样的张杰！"

旁边一伙男生兴奋地嚷着。

从男生们零碎的交谈中我得知，原来，张杰在松华中学上高二，是学校的学生会主席、乒乓球队队长、乐团首席萨克斯。了不起的人才！

这次他来我们学校，是为了找我们校长练球，下周去参加全市高中生乒乓球邀请赛。

他好大的胆子！居然来找我们的校长练球！他怎么知道我们校长是远近闻名的乒乓球高手？哦，没准儿他是从我们采香中学毕业的吧！

"你不是我的对手。"练了一会儿张杰对爪爪摇摇头，"不过，女生有这样的水平已经可以了。"

"谢谢帅哥夸奖!"爪爪傻乎乎地晃晃肩膀。

我转身离开。

张杰追上来:"豆豆,这个星期天你还会去超市吗?"

我胸中小鹿乱撞:"不……不一定。"说完飞一般逃离。

他竟然问我会不会再去超市!这算是约会吗?这么说,他对我……我激动得无法呼吸,心里面那颗种子终于破土而出!

多么完美的邂逅,多么浪漫的重见,多么使人怦然心动的约会!

什么中考,什么倒计时,统统都不重要起来。

我躲在春梦一般柔软的幸福里傻傻地偷笑,怔怔地幻想。

星期天下午,我把自己打扮得像春天里的桃花,独自一人兴奋地倒了三趟公交车,去往那家遥远的靠近爪爪家的超市……

我知道我会遇见他,一定会的。

然而,当我费尽周折终于出现在超市门口的时候,却发现玻璃大门紧锁着,里面好像正在装修,一片狼藉。

我愣愣地站在那儿朝四周张望,希望捉见他的影子。

一双热乎乎的手忽然从背后蒙住我的双眼。

我慌忙躲闪着回过头——是爪爪。

"我就知道你会来。"她眨巴着眼睛,"而且,我还知道你为什么要来。"

"讨厌。"我瞪她一眼,"走了啦!"

爪爪一把抓住我:"大老远地跑来,不再等等吗?"

"等你个头!"我别过头跑向公交车站,像个小偷一样仓皇。

我突然觉得自己好傻好狼狈。

爪爪像胶水一样粘住我："嘿，去我家吧，有数学难题请教。"

"没空。"我说，"我要回家。"

"去嘛。"爪爪拖住我，"我保证会让你惊喜，大大的惊喜！"

"都什么时候了，还开玩笑？"我嘟哝道，"倒计时 39 天！"

"跟我走啦！"爪爪连拉带拽把我拖向她家。

进了门，窝进沙发，我从茶几上抓来一大把腰果塞进嘴巴，却瞥见一个熟悉的身影从木楼梯上走下来。

我的天！怎么会是他！爪爪怎么会把他给请来了？

我鼓着腮帮子尴尬至极。

"豆豆，你去那家超市了吗？"张杰已经来到了我跟前。

我努力把满嘴的腰果咽下去，含糊不清地敷衍："去……没……去……"

"去了去了。"爪爪扭着屁股拿我开涮，"傻得要命！"

我的脸一定红极了。

"那天在乒乓球室我话没说完你就走了，"张杰保持着招牌式的迷人微笑，"我问你去不去超市，是想告诉你——那家超市星期六就开始装修，不对外营业了……"

我半天回不过神来。

这一刻，我心底那颗冲动的已经破土而出的种子仿佛被浇了一盆冰水，瞬间蔫了。

电话突然响起。

"姨夫？好哦……"爪爪抓起来说了几句，示意张杰过去，"表哥，我们张校长找你。"

张杰接过话筒："喂，老爸……"

表哥？老爸？

我有一种被戏弄的感觉，随便找个借口就从爪爪家逃走了。只觉得自己愚蠢至极。

唉，生平第一次麻酥酥的怦然心动就这样被消灭在了萌芽状态。来时恍惚如梦，去时缥缈如云。

其实，这样也好。

知己红颜

Ella，我只想做一只麻雀

我又听见那只百灵鸟在耳边歌唱。

　　我的目光越过一溜脑袋探过去，看清楚 Ella 闷着头拼命地写着什么。我多么希望她回过头来向我眨一下眼睛，或者猫着腰跑过来把我的数学练习卷抓去对答案，再或者扔我一颗雪花梅什么的。往常的她就这么调皮。

　　可是，Ella 如雕塑一般毫无动静。

　　我惴惴不安。

　　如果 Ella 跟我一样高，或者脸跟我一样小，独唱的机会就不是我的了。

　　马凯喜欢高个儿的瘦女生，他说那身材往台上一亮，不开口，就赢了三分。他说的是我。我其实可以胖一点，胖一点或许会更好看。可是任凭我吃得再多再好也似乎是枉然。

　　我因此成了同伴们羡慕和嫉妒的对象。她们往往多吃半个包子或者一小碗冰激凌,就会大惊小怪地嚷嚷着下巴又肥了一圈,所以日子过得提心吊胆。

　　Ella 就是这样的人。说实话她真的很漂亮,圆圆的脸,高高的鼻梁,长长的栅栏似的睫毛覆盖着黑亮的眼睛,笑起来嘴角向上翘。可是马凯说,圆脸的女生最不适合上台,更不适合上镜头,稍微侧一下脸观众就能看见可怕的婴儿肥。

　　当然,马凯对我说这些的时候 Ella 没有听见,要不然她会气疯掉。Ella 一向是最阳光最自信的,没有人可以中伤她。

　　其实 Ella 并不比我胖,她的身材很苗条,腰围只比我粗0.5厘米。

　　那是吃晚饭前,马凯把我们叫到了艺术楼的排练厅。

　　"这次演出你们代表的是学校,代表的是青春可爱的阳光女生。尽管离彩排时间还有一个星期,但大家从现在开始就要重视起来。"马凯抱着胳膊靠在琴键上,目光从我们五个人脸上慢慢移过去,如镜头一般敏锐,"《中国话》是一个团体节目,考验的是你们整个团队的默契和气质,谁也不可以掉以轻心。OK?"

　　"OK!"

　　"另外,独唱的人选已经确定下来了。"

　　我们的心绷紧了。

　　这次全市教育系统庆祝撤县建市50周年文艺晚会,我们学校出两个节目,一个是歌舞《中国话》,还有一个是沪剧独唱。

　　马凯的眼神停歇在 Ella 脸上。Ella 的脸一阵一阵地泛出幸福的红晕,眼睛里闪烁着光芒。真的非她莫属了吗?我感到一点点失望,但也还好,Ella 上台,是我早就预料到的。而且我们是好姐妹,我应该为她感到高兴。

可是,马凯突然转过身去,修长的手指在光滑的键盘上滑出一连串银铃般的音符,而后慢慢地说:"童点,你上吧。"

"啊!"我不由自主地张大嘴巴,不敢相信自己的耳朵。

伙伴们羡慕地望着我,我才知道我的耳朵没有出问题。可是,我行吗? 我惶恐起来。

"为什么?"Ella 鼓着脸问马凯,"为什么呢?"

除了她,没有人会这么问。大家觉得,马凯指定谁上独唱是他这个音乐老师至高无上的权力,是因为那个人更适合担当独唱的重任,用不着怀疑。

但 Ella 接受不了,她根本就没有做过落选的准备。其实有时太自信,对自己也是一种伤害。

"因为我们要把最完美的节目拿出去。"马凯言之凿凿地说,"童点无论是外形气质还是声音气质,都非常适合演唱沪剧。最棒的还是她的音色,清亮纤长,而且富有韧性。"

我激动得胸脯一颤一颤的。

Ella 侧过脸望向我,眼神里写满伤心、失望甚至愤怒。

"好吧,"马凯重新正视我们,"接下来我们把《中国话》的动作再练一遍,一定要做到天衣无缝。"

"Sorry,我头昏。"Ella 冷冷地说。

一秒钟后,她转身离开,留给大家一个任性的背影。

马凯鼻子哼哼,气得说不出一个字。

"要不,让 Ella 上吧?"我蚊子似的嗡嗡试探着说,"她比我放得开。"

马凯装聋作哑。

大家把《中国话》过了两遍，就草草地散了。因为 Ella 的缺席，伙伴们都少了一股认真劲儿，队形不齐整也不漂亮。

我把自己关在琴房里练习沪剧《金丝鸟》，马凯进来把选我上独唱的原因和盘托出。

我从来不知道，因为长得高，因为有一张巴掌小脸，就可以赢得这么难得的表演机会。我不知道应该感到高兴，还是应该感到难过。

晚自习终于结束了。我看见 Ella 离开座位走出教室，便飞奔过去，像往常一样去挽她的胳膊："晚点吃什么？要不要我……"

"走开。"Ella 甩开我的手，看都不看我一眼，独自快速跑向宿舍楼。

我怔在那儿，糊里糊涂地判断刚刚一幕是否只是我的错觉。

Ella，我们是最好的姐妹哦。你怎么可以这样对我？

我心里很难过。Ella 向来不是小气的人，平时她有什么好吃的好玩儿的，都主动拿出来和室友分享，而且说话嘻嘻哈哈，做事大大咧咧，活泼可爱得过分。这次对我这么粗暴冷漠，一定是因为《金丝鸟》。

我的负罪感油然而生。

Ella 是那么在意这次的独唱机会，她为了唱好《金丝鸟》，每天一大早就悄悄爬起来到琴房跟着带子练习，一个字一个字地模仿，可以说花了不少心思。而我没有。实际上看 Ella 这么认真，我就没有了冲劲儿。好朋友之间不可以争抢，既然她志在必得，我又何必浪费时间？

谁知结果会出人意料呢？

我忐忑地走向宿舍。还没进门,就听里面传来"啪啦"的声音,随后是 Ella 的叫声:"这杯子是谁的呀? 怎么乱放啊! 会不会过日子!"

我的心跳得飞快,腿怎么也迈不进去。

"凭什么选她不选我? 我比她唱得好,比她唱得好!"

"不公平! 她一定是给马凯送礼了! 鬼才知道她送的什么礼!"

"还是好姐妹呢! 没想到背后使坏招。"

"……"

全是 Ella 一个人的声音。

我手脚发凉,泪水迷糊了双眼。

Ella,我的好姐妹,我承认你比我唱得好,你的嗓音如百灵鸟一般清脆悦耳,我只是一只幸运的麻雀,幸运得稀里糊涂、战战兢兢,请不要这样诬蔑我伤害我,我的心要碎了……

如果不冷静,我大概会逃跑。可是我没有,我抬起眼不让泪水流下来,然后没事儿人似的推门而入——空气异常沉闷。Ella 趴在床上,花枕头严严实实地把脑袋覆盖住。我的水杯换了位置,很可怜地站在桌角边,随时都有粉身碎骨的危险。室友们忙着做睡前的准备工作,对我视而不见。

很显然,Ella 的诬蔑起作用了。她们宁可相信 Ella,也不愿意相信我,因为大家都目睹了 Ella 为独唱下的功夫,所以在她们看来,Ella 可怜,我可恨。

阿敏从卫生间走出来,看见我,便向 Ella 的床铺努努嘴,小声地说:"她很难过。"

阿敏是我除了 Ella 以外最好的朋友,看来只有她对我没有敌意。这让我感到一丝安慰。

我抿抿嘴巴，想告诉阿敏我也很难过，而且我没有使坏招，可我没有说。我不想再次激怒 Ella，更不想引发一场争吵或者说战争。我渴望用最温和最妥当的方式解决问题。

这一夜漫长得无边无际，我做了好多个梦。在梦里，我看见自己站在绚丽的舞台上，手持粉蓝色的麦克风，为热情的观众演唱《金丝鸟》，他们的掌声潮水一般将我吞没；在梦里，我听见 Ella 一遍又一遍地重复那一句"我们是好姐妹"；在梦里，我发现自己果真是一只颜色单调灰暗的麻雀，一只百灵鸟在我面前不断地舞蹈，不住地歌唱，让我自卑得恨不得晕过去不要醒来……

第二天早上起来的时候,我看见大家都围在 Ella 的床边。Ella 无力地半躺着,一副憔悴不堪的模样。

"烧得很厉害呢!"

"送医务室挂水吧!"

"还是直接去医院比较好,好好查一查高烧的原因。"

室友们你一言,我一句地说着。

我紧张起来,忍不住走过去,探出脑袋关切地问:"Ella,你是不是很不舒服?"

这句话刚出口我就后悔了。人家发高烧当然很不舒服,我这样问简直就是弱智。

Ella 脸色微黄,嘴唇发白,眼帘下垂,没有看我的意思,也不接我的话。比起昨晚宣泄时的泼辣,她此刻冷得仿佛一块冰。

我瞬间被她同化为一块冰。

看大家手忙脚乱地把 Ella 搀扶下楼,我的负罪感越发强烈。我奔跑下去,跑过教学楼,跑过操场,跑过食堂,跑过体育馆,一直来到教工宿舍楼下。

我等到了马凯。

"马凯,我求你一件事。"我迎上去迫不及待地说。

马凯奇怪地望着我。

"请你重新考虑独唱的人选。"我认真极了,"Ella 比我有实力。请给她一次机会!"

"童点,你一大早到这儿候我就是为了说这个?"马凯担心地看着我,"你是不是遇到什么事了?"

"Ella 比我出色。请你考虑她!"我用了几近乞求的语气。

马凯想了想说:"你想把独唱机会让给 Ella? 为什么?"

"不是让。"我说，"Ella 比我唱得好，这次机会本来就应该是她的。"

"可是你更适合上台。"马凯倔强地说，"童点，请你珍惜机会，不要再胡思乱想了。OK？"

我难过得想哭。

马凯已经认定我上独唱，Ella 没有机会了。那么，她怎么受得了？我岂不是永远亏欠她？我们今后还怎么做好姐妹？

我傻傻地站着。

马凯的身影消失在食堂门口。我望着食堂，忽然有了灵感。

既然马凯看中的不是我的歌唱实力，而是我的身材、我的巴掌小脸，我就可以通过增肥来改变局面。只要我的脸肥出来了，机会就是 Ella 的了。

两根油条、两只肉包子、一块枣泥糕、一碗小米粥，我端着它们，想把自己撑到极限。

"哇！吃那么多！"

在这样的一片唏嘘声里，我艰难地完成了任务，然后坐在那里好一会儿才站起来。

虽然胃里很不舒服，但想到 Ella，想到她曾经自信满满的眼神，想到她还躺在医院里挂水，我觉得自己非这么做不可。

这一整天我拼命地吃，而且还放弃上体育课。没有哪一刻我这么渴望自己长出点肉来，尤其是脸上。

阿敏很快发现了我暴饮暴食，惊得嘴巴张得老大："童点，你是不是得了什么毛病？怎么一下子胃口好得出奇？"

我笑笑说："就是觉得饿，就是想吃。"

阿敏担心地说："要不要去医院检查检查？"

"能吃是好事情，不用检查。"我说。

"你不担心发胖？"阿敏说，"我也很想多吃点，可就是害怕长肉。"

"我想长胖一点。"我说，"你知道我太瘦了，尤其是脸。"

阿敏望着我的脸，感慨道："下巴太尖了。"

晚自习Ella来上课了。她看上去比早上好了一点，但整个人还是很不精神，完全没有了往日的神采。

原来她只是个外强中干的家伙，成天笑呵呵，内心却柔弱得要命。一次独唱机会的丧失，就把她打击得如此一蹶不振，这使我非常内疚。

晚自习后，我悄悄往自己肚子里塞下去两个肉包子，当我对付第三个肉包子的时候，阿敏突然出现了。

"你好像很痛苦。"阿敏说，"吃不下就不要吃，多吃会不舒服的。"

我不说话，使劲儿把包子往嘴巴里塞，再用力吞下去，说："你知道马凯为什么选我吗？"

"为什么？"

"因为我的脸小，上镜头漂亮。"

一阵沉默。

"你这么狂吃，是为了Ella？"阿敏一本正经地问。

我没有摇头，也没有点头。

阿敏挽住我的手臂："傻点点，没有用的。你吃多少脸都不会肥。既然马凯把机会给了你，你就不要辜负他，好好唱吧。Ella没事的。"

我说："Ella是我的好姐妹，我不可以让她难过。"

阿敏把我挽得更紧。

Ella 不理我,我也不去烦她。我知道等我把属于她的机会还给她,一切就会好起来的,一如从前。

这样的日子坚持了几天,我每天撑个半死,还要上课、练歌,浑身上下都不舒服,尤其是肚子,胀得要命,仿佛里面长出了一块铁板,硬邦邦的,有时还疼。

我忍着。

Ella 还是不跟我说话,只是眼神在不小心触到我的时候,没有那么尖锐了。这让我兴奋,毕竟是姐妹嘛!

这天晚饭前练习《中国话》,我在之前刚吞下去两片面包和两个茶叶蛋。

"我们把转身动作单独拎出来练几遍。"马凯对我们说,"大家完全可以做得更自然轻松一些。"

我艰难地把身体转来转去,感觉胃部疼痛加剧。我仍然坚持着。

在完成了最后一个动作后,我两眼发花,肩膀颤抖,腿不听使唤地往下软,然后不由自主地倒下去……

我又听见那只百灵鸟在耳边歌唱,那声音优美得让我陶醉使我感动。可当我把暗淡的翅膀伸向她,她调皮地展开翅膀飞去,我这只笨拙的麻雀怎么也追不上……

我急得睁开眼睛,看见许多张熟悉的面孔,阿敏的脸,马凯的脸,还有 Ella! 那些眼神写满关切。

"Ella!"我挺了挺身体,发现自己躺在校医务室洁白的床上。

"点点!"Ella 抓住我的手,美丽的大眼睛一片湿润,"……你真傻! 你傻到家啦!"

"我只想做一只麻雀。"我小声地呢喃,眼里噙满泪水。